KB202123

김정임 시집

金貞壬 詩集

김정임 시집

金貞壬 詩集

인쇄일 | 2025년 04월 04일
발행일 | 2025년 04월 14일

지은이 | 김정임
펴낸곳 | 도서출판 시아북(詩芽Book)

출판등록 | 2018년 3월 30일
주소 | 대전광역시 동구 선화로214번길 21(3F)
전화 | (042) 254-9966
팩스 | (042) 221-3545
E-mail | siabook@daum.net

값 38,000원

ISBN 979-11-94392-24-8(03810)

■ 아버지 어머니 40대 시절의 모습.
지금 우리 딸들보다 젊으신 분들.

■ 1964년경 가을. 고등학교 다닐 때 단짝친구들 5인방. 고3 담임이셨던 정진원 선생님을 모시고, 왼쪽
부터 나, 소식 없는 이선자, 곽인실, 박승혜, 김기숙.

■ 1969년이던가, 어린 동생들과 함께. 참 이쁘고 귀엽던 모습.

■ 1967년. 공주교육대학교 4회
졸업 사진.

■ 1972년 1월. 공주교대에서 열린 《새여울》 창간 강연회에서. 뒷줄 맨 오른쪽이 나.

■ 1972년 4월. 홍성읍 오관리 169번지 사진. 신혼여행 다녀와서 찍은 사진이다. 왼쪽부터 신랑 임진묵, 어머니, 사촌동생 성님이, 큰어머니, 호찬 어머니. 아랫줄 나, 막내 정라, 동생 성기, 정아, 기임, 정숙, 성좌.

■ 1972년. 남편 임진묵 씨 형제들. 왼쪽부터 시인 누나 임성숙 님, 동생 영아, 임진묵, 누나 임성희, 동생 임환묵.

■ 1972년 4월. 왼쪽부터 인자하시던 작은 시아버님 임명학 님, 큰 산 같았던 시아버님 임명순 님, 지극한 자녀사랑 아버님 김금옥 님. 아버지의 꿈이 좋지 않으면 나는 학교를 쉬었다.

■ 1972년 4월. 대학 동창생들. 이재희, 김경숙, 여인순, 나.

■ 1973년 10월 1일. 젊은 그들, 《새여울》 동인들. 왼쪽부터 이관묵, 김용현, 김명수, 안홍렬, 구재기, 김동현, 윤석산, 나태주, 이장희, 나, 강난순.

■ 1975년 6월. 7년 동안 근무했던 공주여중 교사들과. 왼쪽부터 김평숙, 나, 전인선, 권정인, 강산옥, 임향옥, 임선희, 김건희 교사 등.

■ 1976년쯤이던가. 아이들이 그렇게 좋아했던 조리 실습시간.

■ 가는 학교마다 예법실을 꾸며놓고 다도와 한식 만들기, 예법 지도를 했다.
1980년 가을, 다도 시범 수업 중.

■ 1977년 가을 국화가 피던 날. 여고 동창생들과 함께. 고 1때 담임이셨던 조재훈 교수님을 모시고.

■ 1979년 봄. 이런 때가 다 있었네, 저리 내가 활짝 웃을 때가. 큰애와 막내는 보이고 둘째는 저쪽에~.

■ 1981년 가을. 공주 한옥집에서 세 아이들. 수진, 구슬, 은지,
(뒷모습은 사촌 희은).

■ 1981년 봄. 아이 재밌어라. 방문 앞에 모란이 만개한 5월.
둘째 은지와 큰딸 구슬이.

■ 1984년 4월. 대천해수욕장에서 한 컷.

■ 1985년 5월. 공주제일감리교회에서 가족 찬양. 세 딸들은 악기 연주, 어머니와 나는 찬양, 임진묵
씨는 자리 채우기.

1998년 1월 《은띠》동인들과 시화전을 하면서. 이화숙 원장, 김현정 시인, 나, 박춘자 시인(숭인도서관장), 전옥진 시인.

1986년. 공주교대 스승인 한상각 교수님과 나, 그리고 동화작가 강순아 언니.

1994년. 유럽 여행. 그대는 파라오인가, 미이라인가.

1998년 여름. 큰딸 임구슬 결혼 후 사위랑 한국방문 기념 가족사진.

2002년 12월. 공주의 형님들과 중국 장가계 여행. 왼쪽부터 도순성, 이선자, 원의자, 박정혜, 지청산, 서혜경, 이건희, 나. 마리아 형님은 사진을 찍고 있었다.

11

■ 2010년 봄. 10년 넘게 자원 봉사한 서울 국립과학관 앞에서.

■ 월산절 처녀 스님 정임. (나와 이름이 같아서 자주 만나 이야기 나눔.)

■ 2023년 12월. 《새여울》동인지 복간 기념으로 공주 풀꽃문학관에서의 모임. 뒷줄 왼쪽부터 전민, 안홍렬, 김명수, 구재기, 나태주, 권선옥 시인. 앞줄 송계헌, 나, 양애경 시인.

멕시코 사이프러스나무 아래에서, 나, 임정아, 남묘숙.

믿음의 고향은 홍성감리교회. 어머니와 함께 섬기던 공주감리교회. 그리고 이제는 서울 창천감리교회에서 믿음 생활 중. 믿음의 교우들과.

딸과 그 딸내미.

두 번째 시집을 내며

여고때 백일장에서 상품으로 받은 책들은 큰 기쁨이었다.

처음 받은 '톨스토이'와 '도스토옙스키'는 명작동화의 세계에서 한 단계 높은 작가들의 세계를 알게 해 주었다. 양주동의 '한글 큰 사전'은 들기도 힘들게 무거운 책이었는데 수시로 찾아보는 기쁨과 우리 말과 글에 한 걸음 다가서게 했다. 윤동주와 노천명 시집은 그 아름답고 순결하고 고상한, 그러면서도 부끄럽고 슬픈 서정에 눈을 뜨게 했다.

윤동주 같은 시를 쓰리라, 세상에 물들지 않고 나 혼자 쓰리라 마음 먹었다.

공주교대에 가면서 학보사 기자도 하고 동인 활동도 하면서 문우들도 사귀게 되고 문학의 길로 접어들었는데……

어디에 정신이 팔렸던가 바쁘게 살면서 그 길에서 멀어져갔다.

그러나 좌뇌의 한 부분은 항상 비어있는 듯 내 정체성은 흔들리고 추웠다.

30대의 어느 밤 꾼 꿈 - '雪夜反夜反雪夜(설야반야반설야) - 처럼 철저한 생활인도 못되고 시의 길도 걷지 못한 채 얼치기로 살아왔다.

언제라도 다시 꺼내면 시도 감성도 그대로겠지 생각했는데, 인생과 시간과 함께 익어야 할 시들은 어디론가 날려가고 마른 삭쟁이만 남았다.

이제 산수傘壽, 우산을 접을 나이에 무슨 시집을 낸다고 추썩거리나 망설이면서도, 아니 우산을 펼 나이일 수도 하면서 용기를 내었다.

포로소롬한 명주 옷, 불꽃으로 타버릴 수의 한 벌 나에게 선물하자 하는 아쉽고 겸허한 마음으로.

시도 살아온 날들도 부끄럽다.

서들광문에 가보진 못했지만, 새여울 동인들이 있었기에 시의 끈을 놓지 않았고, 출간도 하게 되었다. 참 고마운 이승의 인연이다.

힘이 되어준 가족에게 고맙고, 긴 휴가를 보내주신 주님께 감사 기도를 드린다.

2025년 초봄. 달의 산에서

雲州 김정임

1부 달의 산

2부 간장꽃

3부 작은 발

6부 아무르 강

7부 노을

8부 바람

9부 칠십

10부 슬픈 인터뷰

1부

달의 산

달의 산

백월암
돌계단 위로
겹벚꽃 툭 툭 떨어지는 봄 밤
애기 중은 잠들었을까

꽃붕어가 헤엄치는 샘
세상의 끝 나일강 물줄기가 시작되는 곳
달의 산에
정화의 배는 도달했을까

조양문

시내 어디서나 보이고
어디서라도 걷다보면 닿는 곳

조양문 그늘
질그릇 자배기 안에
하얀 반달풀 담가놓고 파시던
명애 어머니

우리 모두 딸이었고
우리 모두의 어머니셨던
반달 풀 기억

원족

서문밖 개울을 지나면 교회
과수원을 지나
방구네 점방에선
홍주산성이 다 보였다

그때쯤 어디선가
신영이가 뒤따라오고
아이들은 사탕도 계란도 주었다

겹벚꽃이 피는 백월산
아이들은 돌샘에 모여
작년처럼
한 종그래기씩 시원한 물을 마셨다

아이들은
더 이상 못 올라가게 하는
달의 산 정상이 항상 궁금했다
거기 올라가면
서해안 바다도
중국 태산까지 다 보인다는데

냇둑길

발밑을 보며 혼자 걷다보면
슬픔이 비어져 나왔다

그대 이름은 책을 읽어도 슬펐고
도스토예프스키 이름만 들어도 아팠다

외로워야 했고
슬프고 아파야 했던

열여섯 냇둑길

그 애

눈이 사시였던 그 애
뭐든지 이기려고 기를 쓰던
그 애가 떠났다

얼마나 힘들었을까

저 세상에선
눈 동그란 아이로 태어나렴

가슴 펴고
저도 괜찮은
편안한 삶을 살길 빌었다

손수건

검정교복을 입고
좁은 문으로 들어가야 할 것 같던 날들

네가 준 모슬린 손수건 한 장에
하늘이 비쳤어라

은방울꽃

교회 종기지네 집

왼발 절던 피난민 오빠랑
바느질 품 팔던 새댁

땅을 바라보는
은방울꽃 마디마디

아픈 종소리

이팝나무꽃

전쟁통에 유난히 희던
이팝나무꽃

비오는 날이면 생각난다

동냥 얻어오다가 다 엎질러놓고
빗길에 넘어져 울던 애

며느리꽃

둥글고 깊은
며느리 배꼽풀

잔가시가 많은
며느리 밑씻개풀

흰 쌀알 딱 두 개
며느리 밥풀꽃

그러나 저러나
모두 이쁜 분홍색이네

동창생

야
그 때
니가 거시기 해서
우리 모두 거시기했잖어

우하하핳핳하

우리는 동창생

잔두리

잔두리에 살 때는
내 뼈는 나무
내 살은 흙
피는 샘물이었는데

입춘바람에 머리카락 날리고
소서가 넘으면
새각시도 모를 심었는데

이 답답한 서울
아파트엔 바람 한 줄기 스미지 않고
어깨도 무릎도
석회화되어 삐걱거리네

아무래도 잔두리에 가야겠다

사람이 집을 짓는 게 아니라
집이 사람을 짓는 그 곳
잔두리에 가서
몸을 눕혀야겠다

우리만 아는

겨울 창가에 서면
묻어두었던 이야기들이
유리창에 서린다
설형문자의 시절이

순교터에서

무덤에서 부활하셨다는
예수님 때문만은 아닙니다

십자가에 끌어올려져
창에 찔려 죽어가는
가엾은 여자 아들의 말
우리 모두를 사랑해주신다고
잘못도 다 용서해 주신다는
그 말씀을 믿었습니다

먼 먼 동방의 작은 나라
무지렁이 홍주성 백성이
조리돌림과 돌팔매질을 당하며
저잣거리에서 피를 흘렸습니다
두려움에 떨면서도 서로 위로했습니다

그들의 두려움을 생각하며
믿음을 다집니다

첫사랑

조그만 지우산이지만
함께 쓰자

비에 젖은
내 치맛자락보다
젖은 네 어깨가
더 안쓰러웠던 그 때

풋잠

기차를 타고 운주에 간다

역사에 내려서
어디에 갈까
누구에게 갈까
옛날 전화번호로 하면 누가 받을까

시내를 걸어간다
조양문 옆 그 애네 집

무쇠같던 아버지
믿음으로 사시던 어머니

어머니가 술빵 한 소쿠리를
가득 쪄가지고 오시네
왁자지껄 일곱남매가 모이네

희정언니는 시집가서 잘 살겠지
승관오빠네는 어디로 이사갔나
복례는 건강하겠지

>
안녕
고즈넉한 고향
초저녁 풋잠

소리쟁이

냉이 물쑥 소리쟁이 뜯어
끓인 된장국

하늘 향해
양팔 벌려 소리치던
사촌 오빠들 사이에서
나도 따라 목청껏 노래하던

우리 모두
소리쟁이였던
하나님도 개울물도 소리쟁이였던
금마면 신곡리
어린 날들

실패에 꼭꼭 감아
서랍 깊숙이 넣어두었던
여울 소리를 꺼내어 놓고

소리쟁이 한 숟가락 건져
강물 방울로 간을 맞춘다

성탄절

서문밖 교회
종소리도 차고 맑던 밤

하얀 치마 머리에 쓴
어린 천사들의 연극

나이 든 지금도
성탄절이 되면
어린 천사가 되어
유년의 카드 속으로 들어간다

섣달 그믐

새 날이 온다고 좋아하는 사람들 틈에서
나는 약속하지 않은 겨울벌레와 풀씨들과 벗하여
잊혀져가는 사람들 편에 서서
헌 날의 저녁에 머무르고 싶다

겨울나무가 추운 곳
삭쟁이 부비며 바람이 우는 곳
약속이 없어도 멀리 떠났던 사람들이
돌아오던 어스름
석유등잔불 심지를 돋우면
아버지 그림자가 천정까지 닿아 무섭던
그 날의 저녁에 머무르고 싶다

그 때로 돌아가서
야광귀와 함께
바지랑대 끝에 매달린 체의 눈을 밤새도록 세면
새 날은 안오지 않을까

전설같은 헌 날의 저녁에 머물러
아버지 커다란 그림자를 다시 볼 수 있을까

산에서

너를 묻고 오는 길
산자락에 서서
세월만큼의 밥알을 토하며
때묻은 옷 벗어 훌훌 던져버리고
뒷걸음친다
숨가쁘게 달려온 골목 골목
밉고 아쉬웠던 사람들도
빨리빨리 뒤로 돌리면
감나무는 아직 꽃도 피지 않은 채
여린 잎새로 바람에 옹알이 하고
차령산맥이 숨쉬는 용봉산 허리
따스한 달바위에선
노스님이 황금잉어를 낚는다
고속도로도 컴퓨터도 모르는 길
검정고무신 신고 자갈길 걸어
사십년 전의 구리거울 속으로 들어가면
거기 양철대문 앞
방금 단발머리 계집애가 뛰어들어 갔는데
대문은 닫힌 채로
잡풀만 무성하고
마지막 길이 안 보여

오늘도 여기 서서 길을 묻는다
친구여 너는 어디로 갔느냐고

운동장

초등학교 운동장은
아이들이랑
햇빛이랑
바람이랑
함께 뛰어논다

그래서 운동장 옆
사철나무 잎새도
팔팔하고 반짝인다

서커스단

시장판에서 하던
호동왕자 장화홍련전은
아이들의 혼을 쏙 빼놓았다

가끔 극장에서 하던
김진진 악극단의 연극은
어른들을 울게도 했다

남산에 높게 천막을 치고
하늘을 날던 서커스단은
우리 모두를
신비한 아라비아의 세계로 데려다 주었다

반짝이는 사진을 사서
국어책 갈피에 꽂아놓고
몰래 식초를 마시며
내 뼈도 말랑말랑해지기를 바랬다

어느 날
서커스단이 제주도에 가다가
배가 뒤집혀

모두가 죽었다는 소문에
할머니 영정사진 앞에다
폴짝폴짝 뒤집고
그네 위에서 하늘을 날기도 하던
소녀의 사진을 꽂아놓고
몇날 며칠을 울었다

어린날 고향

지랑풀 머리 땋아놓고
동무들 넘어지면 깔깔 웃던

한길 옆 돌 사이에 눈썹 세 개 넣어놓고
누가 찰까 누가 눈다래끼 가져갈까
숨어서 기다리던

깡통불 돌리던 정월 대보름 저녁
동네 오빠들 쫓아다니며 종이 나팔을 불던

깊이 모를 방죽 졸 사이에
하얀 달걀귀신이 떠있어
걸음아 날 살려라 도망치던

큰댁

눈에 삼섰다 빨리 일어나 햇님 보러 가자
큰아버지 따라 동네 한 바퀴 돌던

황토흙 고갯마루에서
쌀 나와라 보리 나와라 놀이 하던

다랭이 논 사이 물길 뒤지는 오빠들 뒤
신발짝에 송사리를 넣어가지고 쫓아다니던

설날이면 호박고지떡이 달고
추석이면 포로소롬한 풋콩두부가 맛있던

놀다가 돌아오면 호랑이 큰아버지께서
구멍 숭숭 뚫린 엿가락 하나씩을 나눠주시던

골목길

경찰서가 있는 큰 길 쪽을 피해서
측백나무 울타리가 줄지어 있던 뒷골목

고만고만한 집
사연 있는 집들이 붙어있는
좁은 길이 좋았다

아들이 징용에 끌려가 아직도
돌아오지 않는다는 자전거포집

악극단원들이 툇마루에 나와서
짙은 화장을 하던 여관집

남편이 첩을 얻어
서울서 술집을 차렸다는 딸부잣집

가끔은 검둥이가 무서웠지만
한낮엔 햇빛 아래 그림자가 외롭고
저녁나절엔 그늘 속에 슬픔이 따라오던
골목길이 걷기에 참 좋았다

한양병원

서커스단을 따라
천안까지 간 언니를 잡아왔다고
거리에 소문이 자자했다

이년 후 쯤
언니는 스스로 길을 떠났다

장지문을 열어보니
그 뽀얗고 이쁜 언니가 널브러져있더라고

지 명대로나 살게 놔둘걸

한양병원 원장님께서
탄식을 하더라고

아버지는
나를 안고 한참을 우셨다

무궁화 사진관

사진관 유리 안에
반짝이는 비단 공주옷
늠름한 왕자님 옷에 왕관도 있었다

우리는
사진관에 달려가
왕자도 되고 공주님도 되었다

작은아버지가
독일에서 그림을 그린다던
멋진 선그라스 아저씨는
여고생들의 오랜 화가였다

군청 마당 오래된 고목도
남산에 날리던 벚꽃도
반백년 너머 지금까지 변하지 않게
우리들 앨범에 넣어주셨으니까

역전방개

서울행 열차가
낭군을 떠나보냈을까

장항선 열차에서 내린
금동이 자식을 기다리는 걸까

역전 앞을 맴돌던 여자

전 재산인 넝마꾸러미를 안고
한 여름 더위도
긴 겨울 추위도 이겨내면서
몇 년 동안 웃으며
역전을 맴돌던 보리방개

혼이 씌었나보다
한 밤
장항선 열차를 탄 나는

바지락 비빔국수집

해미읍성 앞
초가집
오다가다 들려도
한결 같던 사람들
맛은 바다
모양은 뫼
해미,
바지락 비빔국수집

홍성감리교회

교회 안 돌집에는
다리를 저는
슬퍼보이는 피아노선생님이 계셨다

낮은 양철집에는
함경도에서 피난 온
엄마와 아들이 살았다

앞엔 영길언니네 하꼬방이 있었는데
불 때다가 초가집을 태워먹기도 했다

걸어나오면
과부댁네 큰 기와집이 있고
동네아이들은 그 집에 들어가
제트기 온다고 도망다니며
술래잡기를 했다

더 내려가면 북서리 냇가
길자언니네 엄마가 무서운
무당집도 있었다

\>

감리교회엔
홍성에서 제일 높은 종각이 있어
교인들이 모이는 예배시간이 아닌
낮 열두시에도
매일 종을 쳤다

열두시라고
모두 점심 먹으라고

월산 2

돌 틈 사이
도돌도돌
돗나물 돋고

시원한
박우물에선
퐁퐁
샘물이 솟았다

역재방죽

우리
이십년 후
여기서 꼭 만나자

그렇게 약속하고
이십년이 세 번이나 지났네

로렐라이 언덕
푸른 다뉴브 노래를 부르며

라인강 세느강도 찾아보았는데
한 친구는 아예 소식도 없네

역재방죽에 피던
가시연꽃은 기억할까

우리들의 약속을

전설

그 반듯하던
이 선생님 동생이랑
이쁘장하던
김사장네 딸이랑
둘이 만나는 걸
양가에서 끝까지 반대해서

둘이
월산 바위 아래서
손 꼭 맞잡고
약을 먹었다네

왜 도망이라도 가지
몇 년만 기다리지
어른들은 오히려 애가 탔는데

어린 우리들은
그 사랑이 부러웠다

아직도
우리들 사이에서 떠도는
안타까운 전설

고무줄 놀이

긴시간다간다간다 우리 오빠는
전장에 나가서 이겨주세요

우리는 목청껏 노래 부르며
오빠의 승리를 빌었다

전우의시체를넘고넘어 앞으로앞으로
낙동강아흐르거라 우리는전진한다

그렇게 오빠가 전진하길 바랬다

원한위에피에맺힌적군을무찌르고서
화랑담배연기속에쓰러진전우야

쓰러진 전우가 우리 오빠고
피에 맺힌 적군이
이웃집 오빠인 줄도 모르고

씩씩하게 노래 부르며 고무줄 놀이를 했다
그때 우리는

소문 I

은행장 앞 다리 아래서
도망가던 인민군이 묻은
총이랑 수류탄이 나왔다네

북서리 모래사장에선
개뻔가 사람뼈가 많이 나왔다는데
일제 시대에 묻은 거 같다네

우리들은 거기를 지날 때면
눈을 감고 뛰어가다가 넘어지기도 하고
참고 걷다가는 와앙 울어버리기도 했다

소문 II

영세가 바람 펴서
지 마누리가 쉰 피우다 죽은겨
쥑일 놈
자식 새끼는 어쩔 거여
말세여

갑세 동생이 인물 값 하더니
아, 애를 뱃다네
할 수 없이
건달이랑 혼인 시킨다니
말세여

난 말세가 누군가
영세 동생인가 갑세 동생인가
궁금했다

의사총

천지가 하얗던 날
다섯 기집애들이 모여
서울 여고생을 종주먹댔다

니가 뭔데
우리 친구 애인을 만나는거
소문 다 났어

허리 잘록한 싸지 코트를 입고
가죽장갑을 낀 그 애는
이제 끝이예요
돌아서며 말했다

의사총 소나무들이 보고 있었다
솔가지에 쌓인 눈이 흔들렸다

눈 내린 저녁

눈이 하얗게 내리는 날은
넉가래로 눈길을 내며
여술마을을 찾아간다

우리는
호박김치찌개로 저녁을 먹고

아랫목엔
놋주발에 아버지 진지가 따뜻하고

앙꼬나 찹살떡 장수가 지나가면
해피가 한두마디 짓던 그 날 저녁

밤새 눈이 내리면
돌아오는 길을 못 찾겠다

상제나비

봄날 뛰놀던 장다리꽃밭에도
깜부기 털어넣던 보리밭에도
상제나비는 지천이었는데

방부제로 절은 세상
죽음도 없는데
상제나비는 어디로 날아갔을까

고향으로 돌아가
상여 위에 누워 매봉재에 오르면
선소리 구성지게 울리고
상제나비 너울너울 춤추며
따라올 거야

풍경

가고싶은 건

그 날들인가
그 사람들인가

그 때
거기
너

그러고 보니
풍경이 곧
사람이네

여학생

반달풀 먹인
옥양목 흰 칼라

칼라 위 2cm
단발머리

윤동주의
하늘과 바람과 별과 시를

내 시라고 생각하던 때

내 시를 위해
죽어도 좋던 비밀

우리집 I

젊은 어머니 아버지가 계시고

참외 한 접을
양은 다라이에 담가놓으면

드나들던 이웃과
일곱 남매가
한나절이면 해치우던
낮은 함석집
그 여름

우리집 Ⅱ

자목련 피고
감꽃이 떨어지던

할머니랑 봉렬언니가
배추김치를 담그던

대청마루에
햇살이 뛰놀던

기와지붕에
와송이 자라던
봄

목백일홍

너를 기더리던 골목

목소리 듣고싶어
이쁜 모습 그려보다가

시 한 줄
가슴에 품고
돌아오던
목백일홍 피어있던
그 골목

홍주소학교

홍주소학교가 있던 자리
국민학교에서 초등학교로 이름은 바뀌었지만
천막에서 나무 판자로
이젠 노란 3층 건물로 바뀌었지만
아이들이 있어야지
멀리 이사가면서 이름도 없어졌다니

붉은 헝겊 파란 헝겊이 춤추던 가시철망에
십리 너머에서 진달래를 한아름씩 꺾어오던
고구마 점심을 싸오던
등에 책보를 메고 쌩새기처럼 달려오던
친구들이 다니던
홍주소학교가 우리 학교지

그래도
하얀 모래 운동장이 그대로 있는 게 어디야
저기 봐
흰 저고리 검정 치마를 입은
윤 선생님이 걸어오시잖아
연못 옆에선
강 선생님이 그림을 그리고 계시잖아

병숙이 명애 친구들이
고무줄 놀이를 하고 있는 걸
그래 우리 학교야

애국노래

백두산벋어내려반도삼천리
삼각형으로 고무줄 지도를 만들어 놓고
행군하듯 부르던 노래

무궁화이동산에역사반만년
소리쳐 부르면
일본이 다시는 못 쳐들어오고
통일도 되고
일등나라 새나라가 되리라 믿고
방방 뛰며 부르던 애국노래

태평무

큰 머리 정성스레 올리고
스란치마에 원삼차림이라

손끝은
하늘님 우러러
그 뜻을 이어받고자

발은
사알짝 들었다가
조심스레 땅님을 딛고자

아름다운 나라

조선 가락
조선의 춤사위

태평무이어라

자귀나무

이파리는 가늘가늘
꽃도 꽃술도 하늘하늘

애처러워라
살짝 만지면

귀신처럼
잠들며

살풋 풍기는
귀한 향

네가 있는 곳은
어디나 고향

2부

간장꽃

간장꽃

세상 제일 이쁜 꽃은
항아리 속
간장꽃이라던 어머니

칠십이 지나서야
조금씩 보이기 시작하네요

항아리에 귀기울이면
간장꽃 벙그는 소리도
들릴 듯해요.

아욱국

집나간 며느리도
돌아오게 한다는
가을 아욱국

보리고추장 반 숟가락 넣어야
맛이 난다던
어머니 말씀

우리 가족에겐
교과서다

멍게

멍게는 꼬투리가 꽃이지

씹을수록
깊은
바다 맛이 난다니까

굴

굴은
유자라

굴무침엔
유자껍질이지

어머니는
그런 비밀을 어찌 아셨을까

시루떡

흰 쌀가루 곱게 쳐서
마음 가지런히 하고

붉은 팥고물 얹어
삿된 것 다 몰아내고

형제와 이웃과 덕 쌓으라고
할머니 쪄주시던 팥시루떡

상처밴드

달력을 넘기다가
스윽 손가락에 스치는 한기
피도 없는 하얀 살이 매섭다
넘겨보낸 세월이 칼이었나
빛나는 날들은 속임수였나
우리는 서로에게 상처였을까

사랑은 이렇게 베이고
안에서 엉겨붙은 피였을까

오래된 밴드를 찾아 조여붙이니
살 속에서 느껴지던 아픔이 사그라든다

그래 이까짓 쯤이야
내 살파심은 금방 돋아날 거야
지난 세월은 안으로 핀 꽃이었을 게야
우리는 서로에게 고임이었어

언젠가
상처밴드를 사다놓고 가신 어머니

다치지 않게 조심해서 달력을 넘겨야지

시간에 다치거든 이 밴드로 붙이렴

그 나라

쑥국에 머위나물 무쳐 먹어도
부끄럽지 않던 사람

가난한 선비를
존경하던 사람들

그 나라
그 사람들은 모두 어디로 갔나

김장

엄마
그 나라에는
김장휴가도 없나

하루
아니 반나절만 와서
양념만 버무려주고 가시지

아무리 해도
엄마 김치 맛이
안 난단 말야

노란 배추 속잎에
굴 양념 얹어
딸 년 입에
한 번만
넣어주고 가시지

달맞이꽃

막내 늦게 오는 거 아시고
동네 어귀
달맞이꽃으로
서계신 어머니

김장철

동치미는
동짓달 중순에 혀야
맛이 든단다
대나무 잎새 겅그러 놓고

배추 김장은
섣달 초
쌩하게 추운 날 혀야
맛나단다
앗싸리한 큰며느리 성깔마냥

보쌈김치

보시기에
긴 배추채 한두 잎 깔고
버무린 무 배추랑 사과 배 넣고
밤 대추 전복 낙지 얹은 후
잣 호두 몇 알씩 뿌려
배춧잎에 폭 싸서
항아리에 차곡차곡 넣은 후
하루 지나
양지육수 삼베수건에 받쳐서
곱게 부으려무나

며느리도 다 안다요
맛으로 며느리 호사를 부리렴

마리아 아줌마

더운 여름엔
한밤중에 일어나
손전등을 켜고
정원 풀을 뽑는 아줌마

그 풀조차
모시 보자기에 싸서 버릴 것 같은
솜씨좋고 깔끔한
마리아 수예점 아줌마

처녀머리

어머니 가신지 삼년

그 방엔 아직도

처녀머리가 파랗다

어머니가 땋아주시던

다섯 딸들

풍성한 머리카락처럼

* 처녀머리 : maiden hair 라는 식물

소창 기저귀

삶고 두둘겨 빨아
햇볕에 뽀얗게 말려서
양팔 길이보다 나수하게 잘라

아들일까 붉은 색실로
딸일까 푸른 색실로

가장자리 휘갑치며
첫아기 기다리는
새댁 엄마 심정
소창 기저귀

옥양목 앞치마

스치기만 해도 좋아라
엄마냄새

초경 때
얼굴 묻고 울던
엄마
옥양목 앞치마

김치볶음밥

전복죽에 스파게티
헛배가 부르고
속이 니글거리면

골가지 낀 김치 꺼내어
몇 번 헹구어서
들기름 두어 방울 넣어
김치볶음밥을 만든다

그리웠던 군둥내
엄마냄새

겨울

나무야
어서 눈을 뜨렴
어머니처럼
눈 감고
아주 가버린 건 아니지
검은 나뭇가지를 자꾸 흔든다

비로봉

그렇게
고향 뒷산을 그리워 하시더니
비비추 지천인
비로봉 산길까지
언제
걸어가셨나요
거기 계시다니
안심이어요

옥잠화

여름 끝자락
옥잠화 꽃 대궁 속
옥비녀 향만 남겨놓고
이제 정말
이승을 떠나셨나요
어머니

목련 2

목련꽃 가지에
옥양목 버선 몇 켤레
걸어놓고
어디 가셨나요 어머니

봄 내내
소식 한 장 없으시니

이별란

푸른 잎새
보내버리고

뒤늦게
홀로 피는 꽃

이제사
시어머님과 화해하는
늦더위 저녁 나절

모시 치마 꺼내어
후욱 물 뿜어
숯다리미질 한다

스웨터

오공오 순모 공작실
햇살 닮은 베이지색으로

시아버지께 떠드린 스웨터

친구들에게 자랑하고
술 한잔 샀다
아가야

며느리 사랑
시아버지

솔잎무늬 넣어
쪼끼 떠서 부칠까요
아버님
계신 그 나라로

꿈

왜
꿈에도 안 오시나요

동생들과 떠들고
웃고
싸우던 그 시절
함석지붕 위 햇빛
펌프질에 쏟아지던 물줄기

그 때
꿈을 따 꾸었나봐요

어머니 가시고 나니
꿈도 안 꾸네요

치매

쫄깃한 칠갑산 국수 삶아
간월도 바지락 얹어
상추 몇 잎
고추장 한 숟가락 섞어서
비빔국수 만들어놓고

아버지 국수 드세요
앞을 보니
젖은 앞치마에 손 닦는
이녁은 누구신가요

누굴 많이 닮은 거 같은데

한옥살이

한옥집 그림 앞에서
눈을 감다

사랑하며 싸우며
양쪽에서 버티는 기둥

햇빛 가리고 비도 피하는
처마밑 올망졸망 서까래

누마루에서 보던
자목련 자태

툇마루에서 듣던
지붕 위 감 떨어지는 소리

반짝 반짝 빛나던
놋그릇 칠첩반상

아름답다
한옥살이 시집살이

>

용마루에 올라
훠어이 날려보낸다

하늘길

주님
우리 어머니
그 나라에 잘 도착하셨지요

주님 뜻대로 살려고 애쓴
가엾은 여인입니다

많이 아팠는데
주님 위로 받고
이젠 웃음 찾으셨지요?

마른 손 잡아주세요
감사해요

반회장저고리

흰색 화문사 옷감에
안감도 은조사로 받쳐

나비 날개 선처럼 얇고 곱게
곱솔바느질한 께끼저고리

스미는 향은
가슴싸개로 감추고

남색 끝동 긴 고름으로
매듭지으면

시리게 살아나는
단아한 기품

옥색치마

옥색 운문사 다섯폭 이어서
새끼손가락 가운데 마디만큼씩
주름을 잡아

다듬이질 곱게 편 한산모시로
안을 받쳐서
치마말기로 고갱이를 조이면

어느 아랫날개가
저리 넓으랴

봄하늘 아지랑이도
집어넣을 수 있겠다

간월도 굴

요즘처럼 추운 겨울엔
굴국이 맛있단다

무 나박나박 썰어
간월도 굴이랑 함께 끓이렴
부추도 듬뿍 넣어서

감기도 안 들거야

군자란

어머니 가신지 몇 년

어머니 방엔
겨울이 지나고나면 어김없이
군자란이 핀다

자식들이 모여서
군자란 뿌리를 나눈다

수의

어느 윤년에 준비한
옥색 수의

추위 많이 타신다고
비단으로 했는데

수의가 쏘시개 되어
불 속에서 뜨겁게 타는 어머니

우리 어머니
뜨거워서 어쩌나

묻어드릴 걸 그랬나봐요
그럼 덜 슬펐을까요

슬픔 뒤에도 남은 슬픔
굵은 삼베로 싸두었다가

오는 윤달에
땅에 묻을게요

두부 I

늙은 어머니가
새벽부터 일어나
땀 한 대접을 부어가며 두부를 쑨다

부서지지 않게
소두 뒷박에 넣어 가지고
형무소에 가서
어서 먹으렴

맹맛이라고 먹다 마는 아들에게
몸 추스려야지
그리고 에미랑 같이
숨두부 쑤며 살자

승근 어머니가 하셨다는 말씀
지금도
형무소 앞을
떠돌고 있을 거라

두부 Ⅱ

며느리 심성이
부드럽기를 바래
함 속에
메주콩을 넣어 보냈단다

그 딱딱한 콩
한 줌이
열배의 부드럽고 고소한
두부가 되길 바라며

백아순 白雅馴

한 뼘 밭 둑만 보이면
몇 알씩 숨어
손 거칠게 거두던
치레기 콩

물에 담그면 불어터지고
맷돌에 갈면 물텀벙 되어

끓이면 방울방울
거품이 일고

간수 한 보시기에
손잡고 엉겨붙어

저으면 숨두부
누르면 촌두부

어디에 넣어도
누구 옆에 놓아도
차거나 뜨겁거나
어울리던 맹맛

>
오래전
두만강豆滿江 가에 살던
조선족의 백아순白雅馴

김치

여린 너의 살 위에
소금을 뿌리면
무산되는 꿈

드러난 뼈 위에
고춧가루 뿌리고
덧난 상처 켜켜이
양념을 얹으면
절여진 슬픔의 빛깔

삶의 흔적들이 온몸에 엉겨
독 하나 가득
부글거리는 한恨

죽음을 품고 다독거려
싹 틔우는 땅기운과
삼천도의 불을 품고
가슴 비운 독의 숨결로
발효되는 석달 열흘이 가면

>
흰눈 내리는 어느 아침
매화가지 끝
꽃으로 핀다

홍합죽

쬐그만 홍합 몇 개
그냥 말리기만 한 거 아니다

껍질은 대강 씻어야
따개비가 붙어서
바다냄새가 나지
물 대여섯 사발 붓고
중불에서 삶아야지
살만 발라 넣어
족히 서너 시간은
끄느름하게 삶아야
껍질 냄새가 스민단다

그리고
쨍하고 추운 날
싸리나무 채반에 말려야
잡내없이
홍합 맛이 난단다

그래서
홍합 몇 점 넣은 죽이

홍합죽이 되는 거란다
그냥
홍합죽이 되는 거 아닌 줄 알거라

고추 농사

사람이 지칠만큼 물을 퍼날라야
풋고추 맛이 들고
햇님에 머리카락 탈만큼 내리쬐야
고추가 붉는단다

그래서 매울수록 맛이 나는 게 고추란다

남은 잎까지 훑어
고춧잎나물 무치며 하시던 말씀

힘들지만
고추농사가 제일 남는 장사란다

나물반찬

고기반찬은 쉬워도
나물반찬은
맛내기가 어렵다는 딸

고춧잎나물 머위나물 노각무침
차려놓고나니

나도
어머니 생각이 난다

동그란 밥상에
셋이 둘러앉아 점심을 먹는다

밤밥

새벽에 일어나
밤 껍질을 벗긴다

설에
딸네 식구들 오면
밥에 얹어 줘야지

고향 얘기
할머니 얘기 하면서
밤밥 해줘야지

찹쌀도 준비하고
삼 한 뿌리도 구해 둬야지

말소리

엄마가 우리 엄마라 행복했어요
고마웠어요 어머니
저 세상에서 만나요

큰딸의 말에
양 옆으로 눈물을 흘리시네

엄마
나 엄마 많이 사랑했는데
엄마도 나 많이많이 사랑했지

막내딸의 말에
입꼬리가 올라가게 웃으시네

저 세상에서도
지금 우리가 하는 말
다 듣고 계시지요?

슬픔

어머니 가신 후에
잘못한 것만 생각나서
슬픔
뒤에 슬픔
그 뒤에 또 슬픔

삼 년 지나고 나니
어머니
조금 있으면 뵈어요

이제 슬픔이 가시네요

은수저

어머니 시집 올 때 받으셨다는
은반지는
반닫이 속
명주수건에 싸여
항상 빛나는 은빛 약속이었는데

딸의 서랍 속
은수저는
거무스름하게 변색된
사장된 약속인 줄 알았던 게지
그 애물단지
이사할 때 누군가가 가져갔네

소창 부부

아기 기저귀 이불호청 속옷
어디에고 쓰이던 소창
언제부턴가 잊은 소창이지만
외국 옷감에 밀려
모두가 떠났지만
우린 떠날 수가 없었다고
수해로 공장이 물에 잠겼을 때
자식을 위해 들었던
십 년 적금을 해약해 소창을 건졌다는
부부
하루가 끝나면 기계를 보고
애들아 오늘도 수고했다 말한다는
얼굴도
손마디도
소창을 닮은
늙은 소창 부부

소금

어머니
입맛이 왜 갈수록 짜지는지

한 줌 소금으로 되돌아가
신안섬처럼 맑아지실까

햇빛을 더 많이 쪼이면
유우니사막처럼 빛이 나실까

어느 아침
섬도 사막도 품은 채
수정 한 알로 변해
식탁 앞에 앉아계신

어머니

모시옷 다림질

새벽
철쭉꽃 진 자리에
모시옷 얹어놓고

촉촉하니
이슬이 내리면

며느리에게 치마끝 잡게 하고
숯다리미질 하시던
어머니

그 무더웠던
칠팔월 아침이 그립네요

모시옷

모시옷 두 벌을 꺼내놓고
다림질 준비를 한다

오랜만에 시어머니가 오셔서
입안 가득 냉수를 물고
후욱 뿜으신다

어머니 그모습 여전하시네요

다림질 시작하니
다림질 솜씨 많이 늘었구나
모시옷 건사하듯
남편 건사 자식 건사
잘하고 오너라

어머니 그 말씀 그리웠어요

담배나물

이가 아프면
어머니는
담배나물을 찧어 붙여주셨고

아버지는
담배나물을 맛나게 드셨다

이제
씁쓸한 그 맛이
어떤 맛인지 알게 되었는데

함께 드실
부모님은 안 계시고
담배나물 이름조차 잊혀진
고향 들판엔
망초꽃이 지천으로 피네

동생

20년 넘게 자란 행운목
장난치다가
한 가지가 부러졌다

병원에서 한쪽 가슴을 수술한 동생
그 후로
그 자리 아플까봐
스치지 않으려 피하고
상처를 볼 자신이 없어
목욕도 함께 하지 않았다.

어머니는
떨어진 행운목 가지도
화분에 정성껏 심어
살려내셨는데

난
참 못난 언니구나

우리 같이 목욕하자
가슴도 보고
상처자리도 씻어줄게

작은 발

작은 발

네 하얗고 작은 발을 보면
사람들의 마음이
작고 하얬으면 기도하게 된다

이 세상 모든 사람들이
작은 것에 감동하고
작은 것을 안쓰러워하고
네 작은 발처럼 곱고 깨끗하면
세상은 얼마나 아름답겠니

네 귀여운 꽃잎같은 발을 보면
사람들 가슴마다 이쁜 꽃봉오리 하나씩
품고 살았으면 기도하게 된다

이 세상 사람들 모두 마음 깊이
비 올라 바람 불라 마음 졸이며
여린 꽃나무 한 가지를 키운다면
이 세상은 사랑으로 가득할 게 아니냐

아가, 네가 살아갈 세상은
네 작은 발이 아프지 않는
보드랍고 푸르른 풀밭이기를 기도한다

첫 손주

세상에서
가장 이쁜
조그만 별

오늘도
반짝이니
우주가 환하네

호호할머니
허리가 펴진다

비

하나님은
참 고맙기도 하시지

미국 땅에도
똑같은 비가 내리고

아이들은
웃으며 달려가고

쑥쑥 자라게 하시니

클났다

한국도 미국이잖아요
대한미국이니까

한글학교를 2년이나 다녔다는 녀석
기상천외한 말에

빵 터짐
클났다

왕족

한복을 차려입고 앉아

할머니는 옛날 신라의 왕족이었단다
왕족의 자손인 너는
고운 말을 써야 한다

무릎을 꿇으며
정말이예요? 하는 녀석

가끔은
이 생각을 하며 살아가렴

방긋 웃음

흰눈 오는 날
오래전 예정되었던
작은 손님이 오셨나

손님에게 물었네
당신은 천사가 틀림없군요
하나님 얘기를 들려주세요

작은 손님이 방긋 웃었네
그날 우리는
그렇게나 궁금하던 하나님을 보았다네

군대 Ⅰ

소대장이 이름을 물어서

형규예요
대답을 했더니
얼차려를 했단다

왜?
무엇이 잘못되었나요

군대 Ⅱ

고추잠자리 하늘을 날고
하나님도 가을이 궁금해
풀잎들 가까이 내려오셨는데

탕! 탕!

총소리에 얼마나 놀래셨을까

귀를 막아드리고 싶다

군대 Ⅲ

들어갈 땐
춤추고 노래하는
파르란 풀벌레더니

나올 땐
껑충껑충 뛰어다니는
가시돋은 사마귀가 되었네

손녀

열다섯 살 소녀
머리카락에
푸른 파도가 밀려온다

찰랑거리는 아침

세배

할머니
차이니스 뉴 이어 할래요

무슨 말?

새해 복 주세요 하는 거

아 요녀석이
세뱃돈을 달라는 말이구나
그것만도 기특해

코리안 뉴 이어
세배란다

코

거실에서 한참 공을 차던 녀석이

글러브를 낀 채
할머니를 공격하며 벅싱 연습을 한다

이 녀석아
할머니 코 깨지겠다

맞아요
할머니 코 커져야겠어요

둘이 함께 웃는다

문익점 할아버지

문익점 할아버지 얘기를 했더니

도둑이네요
하는 말은 약과다

목화씨를 코리아로 가져갔으니
우린 상관없어요
하는 녀석의 말에

웃어야 할지
울어야 할지

꼰대

경제학 이야기를 하는
손주 이야기를 듣다가

할아버지는
강원도 자린고비 이야기를 한다

입다물고 있는 손주
바라보는 할아버지

아메리카노 커피와 커피라떼

발 맛사지

할머니 오시면
발 맛사지를 해주겠다는
손주녀석
이게 무슨 복
고마워라

심심한 하루

민들레 홀씨를 불다가
지나가는 개미를 쫓아가며
땅을 파며 노는 녀석
오늘은
호호할머니가 무엇이 되랴

귀뚜라미가 되어
또르르 또르르 노래하랴
티라노사우루스가 되어
경중경중 뛰어다니랴

손주들에게

선하게 자라게 하소서
진실된 심성을
갖게 하소서

이기는 데 힘쓰지 말고
진 후에
고운 말 하고
웃게 하소서

사진

모감주나무 아래 서 있는
딸네미랑 손주
사진을 찍는다

할머니 사진 잘 찍어?

이 녀석아
사랑을 가득 담으면
최고의 사진이 되는 거야

막내 손녀에게

작고
약해도
기죽지 마

이 호호할머니가
널
하늘 땅 땅만큼 사랑하니까

네 살에도 뼈에도
그리고 마음에도
사랑이 쏙 쏙 들어갈 거야

사람을 강하게 하는 건
사랑이란다

딸

고마워라
네가 와줘서

참 고마워라
네가 내 딸이어서

우리는
몇 광년이나 떨어진 별이었는데

어떻게
알아보았을까

복숭아 향처럼
달콤한 네 볼 냄새 때문

가슴에서 스며나오는
젖냄새 때문

젖몸살

퉁퉁 부은 젖가슴을 싸매고
수업을 한다

이제 퇴근 시간이네
생각하니
아기 얼굴이 보이고
가슴이 찌르르 돌며 아프다

손등에
뚝. 뚝.
이상하다 어디 비가 오나

어머
가슴에서 떨어지는 젖방울

태평양이 가운데 있어도
삼 세 번의 세월이 갔어도
지금도 가끔 도는
젖몸살

성숙

난이 핀다

봉오리 속 갇혀있던 향
꽃자리 떠나
죽지 퍼득이며
날아간다

아름다운 이별

삼월

새 운동화랑
깨끗한 손수건을
준비해야지

이제
단정하고 예의바르게 차리고
멀리 걸어갈 준비를 해야 한단다

꽃샘바람이 불어도
꽃은 피고
세상은 아름답단다

자
나가서 삼월을 맞자

새끼 악어

늦게 아가를 낳은 딸네미

어젯밤 꿈엔
악어새끼를 보고 이뻐서
손을 잡아주었단다

우주의 섭리를 알아가나보다
감사해라

엄마

ㅇ ㅇ
조그만 입을
달싹거리던 소리

음, 음머
기어오면서
눈 마주치고 내던 음성

엄. 엄마
걸음마 하며
바라보며 말하던 너의 말

탯줄로 연결된
엄마, 어머니

생명

엄마
이것 좀 보세요
땅에 떨어진 잎을 주워다가
물에 담갔더니
뿌리가 나는 거예요
그리곤 아기 잎새를
천천히 틔우더라구요

페페로미아를 바라보는
딸의 눈빛과
가만가만한 손길을 보면서

작은 잎새야 고맙다
조그맣던 딸아 고맙다

엄마가 보여주지 못한
생명을 배우는구나

크리스마스

아가를
인큐베이터에 넣어 두고
집에 온 엄마

발은 퉁퉁 붓고
얼굴엔 열꽃까지 났는데

돼지족탕을 마셔가며
젖을 짜서 냉장고에 보관하네

며칠 후
남편이 아가를 폭 싸안고 오네

세상에서
가장 행복한 크리스마스

딸 옆에서

열 다섯
사과같은 사랑이 안쓰러워 울었고

스무살
유리같은 사랑이 불안해서 울었다

이제 서른
울지 않은 이쁜 사랑을 하려무나

딸에게

이렇게 날이 흐리면
네가 보고싶어
사랑하는 네가 어디서
흐린 바닷가를 걷고 있는지

이렇게 비가 오면
네가 그리워
사랑하는 네가 어디서
비오는 언덕을 넘고 있는지

이렇게 눈이 내리면
너를 안아주고싶어
사랑하는 네가 어디서
눈쌓인 산길을 헤매고 있는지

이렇게 햇살 따스한 사월이면
네가 보고저버서
사랑하는 네가 어디서
아린 가슴으로 피는 꽃을 보고 있는지

>
이 슬픈 세상에
너를 보내주신
그분께 감사하며
손수건을 헹군다

화장

혼들리는 전철 안에서
계속 콤팩트를 두드리는 여학생

이쁜 네 마음 가릴라

화병

많이 꽂아도 넘어지지 않게
바닥이 넓은

좀 미워도
깨어지지 않게 투박한

시든 꽃을 품어도
싱싱하게 다독여 살려내는

물이 가득 든
엄마 화병

장하다

백만년 전 인류
정글에서
혹은 사막에서
빙하기도 지나고
초원을 달리던 흉노족에서
신라의 왕족이었을까
귀고리를 만들던
백제의 장인이었을까
배고픈 조선족으로
견디고 참고 살아온 딸들
장하다
너, 아니 나
살아있는 장한 역사

비누

엄마는 비누이고자 했다

사랑이라는 물을 흠뻑 무쳐
너희들의 등을 밀어주며

아프면 어쩌나
설마 상처나지는 않겠지

걱정에 야위어가면서도
안으로는 더 단단해지는

엄마비누이고자 했다

사위에게

다행이다
그대가 와 주어서

참 고맙다
그대가 내 사위라서

정말 고맙다
외로운 길에

아름다움을 찾는 그대가
우주의 비밀을 조금은 아는 그대가
약속을 지킬 줄 아는 그대가

우리 딸 옆에 있어주어서

연인

몇 광년을 떨어져 흐르다가
어찌 스쳐 지나가던 별
뒤쫓아 만난 우리

뜨거운 체온으로 서로를 녹여
꽃 피운 후 다시 헤어져

몇 억광년을 흐른다 해도
너를 모르랴
너의 향기를 잊으랴

헤어져 흐르는 하늘 길에
찬바람 불고 눈이 내려도

따스한 사랑으로 힘내렴
소중한 추억으로 헤쳐 나가렴

얼마나 더 멀어지고
검은 시간이 흐른다 해도

>
네 빛을 기억하고
네 냄새를 맡을 수 있는

우리는 연인

옅은가슴삐삐도요새

하얀 털
옅은 가슴에
그리움이 도지면
삐삐 삐삐 노래하며 날다가
어느 날
어딘가에 떨어져
잠들지도 모를
옅은가슴삐삐도요새
너에게 맞는
이름 하나

Humming Bird

멕시코에서 아메리카 서부를 지나
알래스카까지 날아다니며
어쩌면 태평양 건너
내 나라가 보일까

손가락 두어마디만한 작은 몸집에
빛나는 오색의 제 깃털도 모르는 채
따스한 심장을 싸안고
꿀을 찾아
일초에도 수십 번씩 쉬지 않고
피곤한 날개짓을 해야만
이국 땅에서 살아남을 수 있는
이젠 참새라 이름할 수도 없는

아메리칸으로 살아가야 하는 너
Humming Bird

나들이

나 잠깐
우주 나들이 하고 올께

아주 잠깐

우리 기다리자
아프지 말고
이렇게 만나고 가는 게 어디야

행복

수술실에서 아가가 운다
이마에 주사줄을 꽂고

물을 찾으며 울다가
지쳐 잠이 든다

귀 기울여
가늘은 숨소리를 듣는다

깜박 잠들었다 깨고보니
행복해라

아직도 너와 함께
이 세상에 살고 있으니

거울

흔히
자식은 부모의 거울이라지만

나이 들어보니
부모가 자식의 거울이구나

말 한마디 다시 생각하고
풀어진 옷깃 여민다

첫눈

눈발이 날린다
굵지도 않고
조금씩 지저분하게

딸에게서 전화가 왔다

엄마, 첫눈이 내려요

갑자기 나도 들뜬다
그러네

첫눈이 펑펑 오네
우리 만날까?

수수팥떡

내가 한 일 중
잘한 일이 무엇일까

딸 셋 키운 일
그 딸들이
아이들 둘씩 낳아
키우는 일

돌마다
수수팥떡 동글동글 빚은 일

쉬운 듯 어렵고
답이 있는 듯 없는

수수팥떡 동글게 빚는 일

넝쿨장미

아침 일찍
네 전화를 받고
달려가는 길 가에서
넝쿨장미가
웃으며 인사를 한다
행복해보이시네요
음
우리 모두~ 행복한 날 하자

엄마 자리

많은 할 일을
많은 가능성을

놓고
놓치고
지나치고
버려두고서라도

끝까지 지키고 싶었던
오직 한 자리

엄마자리별

미역국

미역국이 무슨 맛인지 몰랐는데
딸 셋을 낳고보니
이제야 알 것 같아

딸들 생일마다
정성껏 미역국을 끓인다

큰 애 생일엔 양지머리 미역국
둘째 생일엔 전복 미역국
셋째 생일엔 백합 미역국

멀리 있지만
미역국 많이 먹고 튼튼하렴

혼자서 몇 그릇을 먹고나니
어쩐다
내가 더 튼튼해지네

그 꽃들

그 옛날 고향
서라벌에 피던 꽃은 개나리였을지도
금귀고리 찰랑거리는

한양에 피던 꽃은 진달래였을 거야
많이 사랑했을 테니까

귀양살이하던 운산에 피던 겹벚꽃은
마음을 열라는 뜻이었을까

어릴 땐 홍주벌 논마다
자운영 꽃이 지천이었는데

공주 한옥에 피던
능소화는 아직 피어있을까

언젠가는
메릴랜드에 피는 목련꽃을
그리워하는 날이 또 오겠지

대구

대서양에서 온
입 큰 대구 한 마리

회뜨고 전 부치고
뽈찜까지 하고도 남은
팔뚝만한 튼실한 뼈대

바이킹도 버릴 것 없이 다 먹었다는
말린 건 망치처럼 단단해
무기로 사용했다는 너

어쩌다 쇠고리를 물었누
푸른 고향과 친구들을 다 두고
여기 누워있누

너를 그냥 버릴 수 없어
대나무 아래 네 뼈를 묻는다

꽃을 피우렴
꼭 뼈꽃으로 피어나렴

손녀

천당이 하늘에 있는 줄 알았는데

너를 보니
이 세상이 천당이로구나

너도 천사
나도 천사

잠결

엄마와 떨어져 있는 아이

엄마를 찾지는 않는데
잠을 안 잔다

달님이 코 자래
하면
달님이 코 자래?
하면서 금방 잠든다

빙그레
엄마 만났구나

배추

절여놓은 배추가
큰 다라이째 없어졌네
아무도 모른다네

늦게 일어난 손주에게 물었더니
코를 막은 채
창 밖을 가리킨다

어쩌누
풀죽은 배추가 가여워서

봄

할아버지는 벼룩시장을 넘겨보고
엄마는 시집을 읽고
아들은 인터넷을 한다

창밖엔 곱슬머리 미국 아저씨가
전기톱으로 봄 가지치기를 하고 있다

전깃불

전구가 몇십 개
스위치도 여기저기 더 많고

한낮에 왜 불을 켜누
다니면서 꺼놓으면

식구마다 나와서
다시 다 켠다

딸내외 눈이 나빠졌나
손주들 앞길이 어두운 건 아닐 거야

내년

메릴랜드에 봄이 왔네
봄 꽃이 피었네
꽃들이 웃고
떠들고
쫓아다니고
싸우고
울기도 하다가
헤어지기 아쉬워
그래 또 만나자

손 흔드는 뒤에서
언제 또 만날 수 있을까
할아버지 꽃이 말하네
내년에도
또 내년에도
꽃이 필 거예요
아가 꽃들이 까르르 웃는다

대나무

엘리컷 시티 한국 음식점 앞
항아리 안에서
하루 종일 서 있는 대나무

우리 어릴 때 그 바람이 아니야
그 햇빛이 아니야

왜 우리는 여기서 흔들리고있나
말도 도통 무슨 말인지 알아들을 수 없고

친구끼리 손 꼭 잡고
위로하며 견디고 있다

목련

미국에 오니
목련 한 그루가 따라와서
사람들과 이야기한다
보고싶었다고
그동안 어찌 지냈느냐고
잊지는 말고 살아가라고
슬퍼하지 말고
씩씩하게 하루하루 지내라고

나는 한국땅에서
해마다 봄이면
꽃을 피울테니
너희들은 걱정말라고
웃으며
목련이 말씀하신다

밥상

할아버지는 콩나물국
아빠는 계란찜
손주는 스테이크를 먹는다

가끔은
한 상에 앉아
밥을 먹으니
참 다행이다

몇 마디 한국말을 해가면서

꽃탑

롱아일랜드
아이젠하워파크 안
작은 꽃탑

벽돌에 새겨진 이름들

우리가 사랑했던
영원히 기억할 이름

한 송이 꽃의 기억으로 남은
아이들

1975. 5. 10에 태어나
1978. 12. 7에 잠들다
아이린

네 조그만 이름
동양의 할머니도 꼭 기억할게

보름

하늘에 인공위성, 비행기, 가로등
온갖 불빛이 반짝이는 곳
아무리 기다려도
달님은 오시지 않네

아, 여기는 너무 환해서
달님은
공주 이인면 달밭으로 가셨나보다
나뭇님들이 손잡고 기다리고 있는
그 곳으로 가셨구나

내일은 달님

여기 미국은 잊고
달밭에서 오래오래 놀다가
천천히 오셔도 돼요

어떤 cafe

백양나무 빼곡한 산길
서부로 가는 녹슨 기찻길
리버티 호수를 지나면
나타나는 작은 마을
Reister Town

그 마을에 하나뿐인 사거리
건널목
초등학교, 우체국, Cow아이스크림
그리고 cafe

노인들이 빵을 굽고
딸들은 차를 끓이는
옛 나무장과 테이블이 있는
코코아쿠키와 커피 향이 고소한
낮은 돌집
다시 올 수 있을까
천당이 이런 곳이라면
와서 쉬고싶은
Reister Doughter Cafe

최고엄마상

자녀위원회에서 소식이 왔다

*최고엄마상

귀하는 가족을 위해
끝없는 사랑을 베풀었기에
우리 모두의 사랑과 위로를 담아
최고엄마상을 드립니다

이런 상이 있었네
다른 무슨 상이 필요하랴

* 세 딸들이 만든 상

생일상

스테이크니 랍스터니
너희들 먹으렴

호호할머니는

하얀 쌀밥 한 공기에
미역국 반 사발
그리고
김치 반 보시기면
족하단다

4부

봄 하나님

봄 하나님

봄
하나님은 바쁘시다

추운 땅 밑에
불 지피시고

연인들이 선 자리마다
꽃망울 터뜨리시고

사람들의 눈이 닿는 먼 산머리마다
가지런히 이발도 하신다

아이들을 위해
하늘에 솜사탕도 만들어 놓고

연애 편지

- The Bible

여기는 사하라
오늘도 모진 바람이 불고
흙먼지에 한 치 앞이 보이지 않습니다

거기는 오월이겠지요
동산엔 따스한 바람이 불고
사과꽃 향이 날리겠지요

엠마오로 가는
는개 내리는 그 언덕길에서
당신을 뵙고 싶습니다

제가 당신을 알기도 전
무화가 나무 아래 서 있는
저를 보았다는
첫 편지에
얼마나 가슴이 설레었는지요

그렇게 보내주신 편지가
육십 육 편이나 됩니다

>
가끔은 사막의 오아시스
이 은성한 도시에서
쉬어가고도 싶지만

사랑한다
널 위해 목숨까지 주었다

그 간곡한 편지
구절구절 가슴에 새기며
오늘도 당신이 가신 길
따라 나섭니다

그대여
사랑합니다

호박

당신의 섭리 안에서
이렇게 풍성하게 익은
호박
이 가을
나도
당신 앞에
한덩이 호박이고저 하오니
내 평생
감사의 기도로 채워주소서

예수님

말씀이 육신을 입어
세상에 온 시인

인간을 따스하게
안아주는 당신

'나는 양의 문이다'

그 문으로 들어가며
말씀 한 자락 입습니다

기다리시는 하나님

똑똑한 사람도 아니고

이쁘고 잘난 사람도 아니고

헌금 훔치러

교회 왔던 소년이

이십 년이 지난 후에

하나님을 만났단다

인간

몇백 년 전통의
이태리 레스토랑에서

양 연골 샐러드
송아지 정강이 리조또

도자기의 문양이
빙글빙글 돈다

우리는
인간으로 태어난 게
최고의 유세냐

오늘도

나무 아래
그림자 기인 날

휘청이는 하루
잘 걸어왔다

나 혼자인 줄 알았는데

길가의 풀잎들
같이 흔들리며
서로 위로 받으며
걸어왔구나

오늘도
너희들에게 고맙다

우크라이나 뉴스를 보며

사랑한다는 말
아끼다가
오늘 저녁에라도
그 말 못하고
떠날지도 몰라

사랑해
네가 있어
한 세상 고마웠어
사랑해
사랑해

그러나
그 사랑한다는 말이
또 미안한 뉴스

신호등

세상은 믿을 수 없다고들 말한다

그러나 오늘도
나는 신호등 앞에서 기다린다

다음은 초록색 불이 켜질 테니까
바빠도 참고 기다려야지

거리 한 복판에서
인간의 약속을 믿는 많은 사람들을 본다

김장

고춧가루랑 젓국은 준비했으니
춥기 전에 배추랑 무를 사야겠다

저녁뉴스에선
이스라엘과 하마스의 전쟁이 나오는데

그럼 해물은
생새우를 넣을까 낙지를 넣을까
고민하다가

저녁 감사기도를 드린다

나 크리스찬 맞나……

시녀

말씀으로 시작해
곳곳의 여정에서
진실되고 아름다운 언어를
이제도 찾고계신
하나님

함께 하자
청하시지도 않았는데
그 여정에 참여하고자
외롭고 쓸쓸한 길을 걷는
하나님의 시녀
시인

교회가방

주일 날
어머니가 물려주신
교회가방을 챙긴다

손 씻을
흰 손수건

하늘도 갈 수 있을까
교통카드

그리고 내 영혼이 은총 입어
성가대 악보

어머니
저도 이제
간단하네요

영혼

내 영혼은
일기장 속에 있을까

그대에게 쓴
편지 속에 있을까

성경 속에
숨어 있을까

아직도 하늘에서
날 찾아오고 있을까

마주보고 싶은데
뒤에 서있나

참 찾기 힘들다

종소리

요즘
교회 종은 왜 울지 않는지

세상을 다 구원했을까
아니면
울어도 소용 없어
아예 포기한 것일까

울지 않는 종은
오늘도 부끄럽다

부엔 카미노

힘들고 험한
믿음의 길, 산티아고

성 야고보
순교의 자취를 따르는 길

한 번 밖에
만날 수 없는 사람들에게

따스한 눈길을 보내며

아름다운 세상
좋은 여행 하시길

다시 못 보겠지만
그대를 사랑합니다

* 부엔 카미노(Buen Camino) : 좋은 여행을 기원하는 순례자들의 스페인어 인사말

218

휴지도

쓸모없다고
구겨서 버린 휴지도
아침에
꽃이 되어 핀단다
하나님이 다녀가시면

저녁마다

저녁이면
조용히 읊조리는 기도

용서해주세요
만난 사람들을
다 사랑하지 못했습니다

용서해주세요
지나보낸 시간들에게
너그럽지 못했습니다

저녁마다
같은 기도를 반복하는
저를 용서해주세요

감사

주실 것 다 주시지
않았더라도

이룰 것 다 이루어주시지
않았더라도

그리 아니하실지라도
그리 아니하실지라도

오늘도
내일도 감사해요

나리꽃

나는 순결해요
고개 반짝 들고있는 백합꽃

겟세마네 동산에서
십자가를 지실
마지막 기도를 하고
내려오시는 주님 앞에서

부끄러워
빨개진 나리꽃 얼굴

내 모습

기도

여윈 몸
구석구석
문질러 씻어내는

쌓인 때
남은
마음 속 찌꺼기
흘려보내는

저녁나절
물같은 기도

나이

젊어서 눈 좋을 때
못 본 것
눈 흐리니 뵈는 게 있더라

세상소리 잘 안 들리니
깊은 곳에서 나는
소리가 있고

그래서
나이들어 세상눈 세상귀 나빠져도
마음은 맑고
고요해지나보다

성불

목사님 설교 듣고 나오면서
말한다

성불하십시오

예수님
저는
언제 성불할 수 있을까요

목자

고개를 땅에 박고
풀뜯기에 바쁜 양

앞 친구들만 쫓아가다가
낭떠러지에 떨어질까
저어하는데

저기
목자 한 분
서 계시네

우리 모두
열심히 풀 뜯어도 되겠네
안심하고

꽃밭

계절마다 이어 피는 꽃을
사슴가족이 와서 따 먹고 간단다
그래서
더 열심히 꽃을 가꾸는 친구

자네 정원이 천국이고
자네는 천사인가보이

친구

그 팔팔하던 친구가 많이 변했다

나이가 들었구나 했더니

문만 열면 서 있는
키 큰 나무들을 보면
저절로 그렇게 되더라고

뿌리는 또 얼마나 깊겠나 말했다

친구가 나무보다 더 커보였다

코로나

너 혼자만 고고한 척 하지마
코로나란 놈이
너부터 쳐들어올지 모르니까

물도 공기도 이어져있고
함께 마시고 사니까

혼자 달린다고
너만 피해가는 거 아냐
함께 천천히 가는 거야

천만년 헤메고
헤쳐온 생명이
앞서거니 뒤서거니
떨어져 나가고
다시 이어져 흐르며

그 혈맥이
우리에게 함께 흐르고 있는 거야
잊지마

거리두기

사랑도 미움도 주고받던
우리 사이

이만큼 거리를 두니
시간까지 자꾸만 어긋나네요

때로는 당신에게서 나던
자귀꽃 향도 스치고

어스름에 잎 닫던
슬픈 눈짓도 생각나지만

이제는 상채기도 조금씩 아물어가고
짜증나던 심사도 가라앉네요

풍화되어가는 우주의 시간은
붉은 사암의 도시 페트라처럼
잡힐 듯 멀어지며 일렁이는데

오늘은 퇴적층 어디쯤인가 묻혀있을
다윗의 반지 글귀가 생각나네요

>
'이 또한 지나가리라'

안쓰러운 목숨의 시간도
아픈 영혼들이 방황하던 거리도
지나가리니……

코로나 시대

선악과를 따 먹고 쫓겨난
풍진 세월에도 깃발을 흔들었는데

이제 선악동물을 잡아먹고
그 피를 대지에 뿌렸습니다

바벨탑 꼭대기에서 더 올라가자
왕관을 쓰고 즐기는데

세상을 휩쓰는 해일
방주를 찾아도 보이지 않아

흔들리는 계단 계단을 걸으며
참회의 가슴을 칩니다

산고와 노동이 벌이 아니라
축복이었음을 알겠습니다

이 저녁 기적처럼 유지되는
정상체온 36.5℃의 육신에 감사하며

\>

내 영혼의 자유로 선택한
순종의 삶으로 무릎을 꿇습니다

냉혹한 비대면의 시대에
뵙는 분은
오직 주님 뿐입니다

순례길

한 밤
호흡을 멈추고
죽음 연습 중

어디선가
물, 물 흐르는 소리

부유하는 모래처럼
찾아야 할 것들이 그리 많았던가
무엇이 그리 가치가 있었던가
왜 그리 급했던가

항상 옆에 있다고 생각해
지나쳐버린 소소한 일상들이
저만큼 멀어져가며
손을 흔드네

만나는 것
만나서 서로 바라보는 것
소소한 이야기 나누는 것
마른 어깨 안아주는 것

>
안타까움에
천천히 목울대를 풀며
생을 연습 중인데

이 새벽
감사해라

아직
우리 함께 걷고 있음에

물은 우리 안쓰러운 눈물
물소리는 주고받는 세상 이야기

냇가에 앉아
귀기울여 듣고 있네

5부

시인

시인

이승의 껍데기
벗고 또 벗는다
쌓은대로 허물어야하는
시지프스의 고뇌가 속절없어

영혼은
대나무 속살로 여려
한 점 먼지로도 얼룩지는데

흔적마다
보는 이 없어도
혼자 피고
또 이우는
아픈 꽃자리

잉걸불

우리 모두는
나무 한 짐 씩을 지고 걸었다

조용히 걷는 사람들 사이
계속 추썩거리는 한 사람이 있었다

그냥 지고 가기엔 너무 무거워
가슴이 화룽거려

추썩거리다못해 길 한복판에
장작을 부려놓았다

잉걸불이 활활 타올랐다

불씨가 날아올랐다

남루

너를 그리기엔
가난한 언어

그리다 말다
말하다 말다

가난한 하루가
저문다

설야

눈이 왔나
안 왔나
댓돌에 반쯤 쌓였나

하루에도 몇 번씩

설야반야반설야雪夜反夜半雪夜

반쯤 고인 슬픔이
사위를 덮는다

흙집

가난한 집에 살지만
부자라 생각하고 살자 했는데
그것도 허영이었네

언어의 서까래도
벽도 다 부서져내리는 집

구들장이 단단하면
따스하기라도 할텐데

다시
올릴 수 있을까

짚과 흙을 섞어 바른 벽
ㄱㄴㄷㄹ

무정란

낳고
또 낳고
낳아
모아서
따스하게 품는다
내 새끼들이니까

아득한 날

우주과학자들이
324억 6000만년 떨어진 별을
발견했다는
발명했을지도 모를
아득한 오후
마음 한 자락에
바람이 불고
광년의 틈새로
꽃잎이 진다

기억

네 얼굴만 잊지 않으면 돼

아니
네 목소리만은 잊지 말아야지

네 얼굴도
목소리도 잊으면
나도 없으니

거울과 가을

아파서
나보다 먼저 흔들리는 거울

차라리
영혼 없는 꽃으로
사랑을 벗어버리고 싶다

그런데
영혼 없는 가을 꽃은 없을 거야

이별을
거울 앞에 두고

독버섯

젊은 날엔 그대 마음에
그물도 치고
가끔은 시침을 떼는
광대였을지도

어쩌면
떨기나무 사이 활활 불타며
발광했을까

지금은 주름이 어울리는
흰주름버섯인데
아직도 독이 남아있을까

* 버섯이름들 : 그물버섯, 광대버섯, 발광버섯, 주름버섯

행복한 아침

내 마음이
시냇물에 떨어져
밤새 흘러
네 작은 눈에서
도도록한 이마에서
윤슬로 반짝이는
푸른 별의 아침

친구

옷 잘 입어서도 아니
키가 커서도 아니
말 잘 해서도 아니

안 만나도
네 생각이 자꾸 나

그냥 네가 보고싶어

천천히 걸어가는
네 뒷모습이

가을에

자꾸 떠난다 떠난다
하지 말아요
보내는 건 내 맘인데
가을이 더 깊어지면
그때
보낼 테니까
미리 준비하지 말아요
그대

진도길

진도
목포도 지나
너무 멀리 가셨네요

뱃전에 서 계신가요

갈매기도 날고 있나요

배가 너무 흔들리면
멀미할지 모르니
앉아계세요

저도 빨리 갈께요
옆에 앉아 머리 받쳐 드릴께요

구름

두고온 고향
아직도
바람 부는 그 곳에
살고 있는 그대에게
보내는 엽서

구름이 남쪽으로 가네요

언니는

언니는 좋겠네

비오는 날은
강의 뼈를 만지는
깊고 진실된 사람과
강둑을 걷고

어둔 밤에는
비발디 풍으로 달을 듣는
사랑을 아는 사람과
차를 마시고

언니는 좋겠네

하피첩 霞帔帖

모름지기 글은

정갈한 명주치마
마름질하던 손끝처럼

막막한 바다를 바라보며
먹물 같던 날들처럼

한 글자 한 획마다
세월의 유산을 전하는 마음으로

몇백 년 떠돌다가 홀연히 찾아온
세 권의 하피첩처럼

어디선가 떠돌고 있을
너머지 한 권을 찾는 자세로

그렇게 글은
오래 기다려 만나는
그립고 반듯한 마음이어야 함을

>

그대 여유당與猶堂
하피첩 앞에서
옷깃을 여밉니다

카리브해

누가 지휘를 하고 있나

깊은 바닷속에서
고래가 몸통을 뒤척이자

아픔과 비명이 공존하는
파도가 밀려와
비창을 연주한다

마지막 여정

리어카에 기대어
낮잠을 자는 청년들
원숭이들이 비닐을 채가며 흐뭇해하고
쥐들도 나도 신이라 좋아해 걸어가는 곳

내 인생의 마지막 여정은
그 거리에서
버팔로 소들과 함께
무념으로 걷고 싶다

봄비

반가운 봄비
고향에서 번지는
산불을 잡았다니
고맙구나

거기서 붙은
부끄러운 내 마음
들불도 잡아주려무나

고마운 생

세상 모든 이들을
사랑할 순 없었지만

너를 품고
살 수 있어서

참 위로로운
고마운 생이었다

놓쳐버린 시

서울거리에서 훔쳐온 시들은
항균티슈로 씻어도
사람 때 자동차 매연으로 찐덕거려
씻기질 않네

시골 흙길에서 주워온 시들은
시냇물에 슬쩍 헹구기만 해도
새똥도 흙먼지도
금방 씻겼는데

그때 놓쳐버린 시들은 어디 갔을까
이제라도 찾으러가볼까

이오

소가 되어
큰 눈을 껌벅거리며
앞 발로 글씨를 써도

아무도 모르네

아무래도 마법에 걸린 거야

백년이 가면 풀릴까

* IO : 그리스 신화에서 제우스와의 사랑 때문에 소가된 여인

월대 月臺 에서

원래부터 있던
내려가거나 올라가본 적 없는
달을 보던 그 자리

언제나 홀로였고
외로웠던 그 자리 월대에서

오고가는 많은 군상들
지나가는 빠른 탈것들을 보면서

발목까지 돌이 쌓이고
무릎까지 흙과 먼지가 덮여

이젠 슬픔도 아픔도 그냥
이대로 스러지려는 어스름

참으로 오랜만에
돌고돌아 이 자리에
— 저기 달이 떴네

>
늙은 왕녀는 살아있음이여
월대에서 부르는 달의 노래여

어느 하루

떠도는 시 한 줄 잡으려

어제는
루이제린제처럼 아프다

오늘은 전혜린처럼 말이 없다

내일은 홍속렬처럼 아름다워

2023. 5. 25

장미는 붉고
나는 손끝을 딴다

* 홍속렬 : 시인, 과테말레에서 선교 사역 중 베트남 참전 시 전혜린의 '그리고 아무
  말도 하지 않았다'를 열 번 이상 읽었다고 함

장미

나를 그냥
붉은 장미라 부르지 말아요

그 애는 빨간
쟤는 진빨간
그리고 애는 검붉은

나는 연붉은 장미랍니다

밤의 여정

초저녁엔
밤의 긴 머리카락에
얼레빗질을 하다가

한밤엔
밤의 뿔을 잡고
씨름을 하다가

새벽녘엔
스며나온 핏물은 찍어
시시한 시
한 점을 그린다

언어의 감옥

각색의 이국인들이 골프를 치는
잔디밭이 보이는 창가에서

일본 땅
언어의 감옥에서
고통의 기억을 모아 짠
노 교수의 시를 읽는다

각혈하듯 쓴 시
시의 힘을 믿는
이국의 아침

시집

시집을 내고싶다
마지막 시집을
그렇게 생각하니
여기저기서 나도
나도 하며
시들이 말을 걸어온다

밥물을 부을 때면 손끝에서
창을 열면 산딸나무 꽃잎에서
누우면 바닷물결에 밀려서

그래 어서 오렴
여태 쳐박아두어서 답답했지
미안하다

네 모습
그대로 보여줄 수 있을까 모르지만

숨 천천히 내쉬며
가슴 내밀어 보렴

건져올려볼게

빗줄기

걷옷도 속옷도 다 벗어놓고
빗줄기같은
한 줄 문장으로 내리고 싶다
나뭇잎새 흔들고
땅으로 스미고 싶다

시시한 인생

시시한 인생인 줄 알았는데
뒤늦게 자세히 보니
시가 두 편이나 들어있네
다시 시작해보자

이름

엄마로
아내로
교사로 살아오면서도

놓아지지 않던 이름

흰구름처럼 품고 싶었던
바람처럼 흐르고 싶었던

슬픈 이름 하나
시인

능소화

아파트 담장에
느지감치 능소화가 피었네

사람 머리 위
윗집에서 뛰고 소리쳐서 싸우는 곳

앞집끼리
서로 인사도 안 하는 곳

옆집에서 갈비를 먹어도
건넌 방에선 굶는 곳

양반님 꽃이
여기 피어 있으니 송구스러워라

낙엽

어느 날
소식도 없이
훌쩍 가버린 친구

은행잎 날리는 교정에서
우리는
스무살 어린 시인이었는데

이제
너는 천상에서
멘델스존의 무언가無言歌
첼로곡을 연주하고

나는
수형의 땅에서
가을 기도를 띄운다

모국어

말씀의 사원에 들고자

끝없이 걸었던
한하운

십자가에 손수건을 얹어놓은
윤동주

북방 지하에 뼈를 묻은
이육사

그들을 생각하며

이국 땅에서
모국어로 꿈을 꾸고자
애쓰는 사람들

시절

날개 파닥이던
육신의 허울

비늘 반짝이던
영혼의 그물

인생의 고비를 지나

구름처럼
물결처럼
흘러가는 놀 — 애의 언덕에 다다라

아직은 이라 말하며
갑골문자 선연한 손으로
나에게 새기는
신탁

* 시절 : 철 모르는 바보라는 뜻의 충청도 방언

276

6부

아무르강

아무르강

기억의 아무르강 가엔
사철 하얀 꽃이 핀다

곱디고운 사랑으로
한세월 살고자 했던
배꽃같은 사람들

피는 꽃도 아름답지만
지는 꽃은 더 안쓰러워

부끄럼없는 영혼들이
바람에 날릴 때마다
구름일라 물결일라
노래로 보내던 사람들

보내고 남고 또 보내는
그들을 안고
유유히 흘러온 아무르강

오늘은 내가
한 점 꽃잎 되어
겁의 강물 위로 떨어진다

무령왕릉에서

금꽃 받침대에
피곤한 발 가지런히 올려놓고

은애하던 왕비 옆에서
천년 잠에 드신 그대

금송 관 여는 소리 너무 소란해
진묘수까지 놀라 쓰러지고

죄송하여라
고즈넉한 당신의 잠을 깨웠으니
아득한 어제여
그 날의 꿈이여!

태백산

구천에서
웅녀를 만나고
천상의 바위에 앉아
공후인 가락을 듣다가
살아 오백 년
죽어 천년
주목의 속살을 스치고
눈썹 위에 내려앉는
태백산의 눈

눈물로 씻은 흰 옷자락
조선족 당신

때

달걀귀신과 포성이 어우러져
무섭기만 하던 아홉 살 때

꼭 꼭 싸둔 보자기 속의 비밀이
부끄럽고 황홀하던 열일곱 그때

약속에 목숨 걸고싶던
스물세살 아프던 그 때

신념도 사랑도
다시 들이키면 불꽃으로 타오르지만
육친의 정이 뼈를 태울 듯
서른 넷 아프던 그 때

넘기 싫은 고갯마루 바람도 서럽던
마흔 아홉 목마르던 그 때

이제 옷을 벗으면
부스스 떨어지는
허망한 때, 때의 비늘들
차가운 물 끼얹어 씻어낸다

\>
이제는 아파하지도
연연해 하지도 말아야지
깨끗이 가벼워지고 싶은

그 때를 위하여
오늘도 박박 닦아내는
냄새나는 쉰 때여
지나는 세월을 때여

푸시킨

삶이 우릴 속일지라도
슬퍼하거나 노여워하지 말라던 그대

삶에 속았는가
사랑에 속았는가

결투 한 방에
삶도 여인도 잃었네

아니
다 얻었을지도

구차한 삶보다
삶과 대결하여 웃었을지 모를 그대는

장안문에서

장안문 지나며
님을 그립니다

싸워서
치지 않고

바르고
아름다운 성정으로

두려움도 한도
모두를 품었던

그렇게
아버지도 자신도 세웠던 님

이백 년 더 지난 지금도
보낼 수 없는 아까운 당신

장안문 아래서
눈을 감습니다

* 장안문 : 수원시 팔달구 정조로 수원성곽의 북쪽문

백두산

길림성으로 가서
백두산을 만났다
언젠가
량강도 삼지연시로 해서
천지를 만나고 싶다
토문강이 시작되는
무두봉도 보고
거기까지 제비가 오는지
제지봉에도 가보고 싶다
나라를 잃은 후에 이름지었을지도 모를
망천후에도 가서
그 땅을
위로해주고 싶다
*백무선 기차를 타고
함박눈 내리는 무산 땅
시인의 고향에도
가보고 싶다

* 백두산 청년선에서 분기하는 협궤열차

남천나무

남천나무 꽃피는
화사한 봄날
친구 만나러 길 떠납니다

와룡산으로 가니
떠났나 해서
형주로 좇아가도 못 만나고

추풍 오장원에 이르니

그대
쥘부채에서 떨어진
거위털 한 잎
계곡물에 떠있구려

한참을 앉아
낙엽 털고
물기 말린 후

계자서 책갈피에 꽂아
그대 본 듯
소중히 들고 돌아갑니다

시베리아 철도

손수건에 수 한번
못 놓아보고

조선말
책 한번 못 배워보고

가시버시 사랑 놀이
한번 못 해보고

시베리아 철도에서 던져진
세 살배기 올리바

철길 옆에 들꽃으로 피었어도
고목이 되었을 텐데

엄마는 오늘도
세 살배기 올리바랑
함께 산다

명이나물

파도와 싸우던 조그만 바위섬
백성들의 목숨을 이어준 푸성귀

잎은 백합을 닮아
우아하고

뿌리는 알싸한 맛이
마늘처럼 실하고

꽃은 흰나비가 되어
울릉도를 덮었네

신선이 드시고 지어준 이름
명이(命이)네
명이(名이)야

문조

- 효명세자를 그리며

창덕궁 후원
새발자욱 박석을 딛고
복숭아 꽃가지에 문조가 날아왔다

춘앵전 춤을 보러 오셨는가
추운 기오헌이 그리워 오셨는가

꽃가지에 걸어놓은 꿈이
아직 애절해라

문조 날아가다

우금티

소똥 냄새 풍기는 소는 여기까지

옛날부터 소들은
우금티 너머에서 사고팔리며
울음만 남기고 헤어졌다

전라도에서부터 모여 충청도로
용감하게 밀고 올라왔지만
소는 여기까지

소를 귀히 여기지 않는 조선과
조롱하고 짓밟는 일본에게 밀려

소들은 우금티 너머에서 스러졌다

나는 검불처럼 가볍지만
우리 울음은 볏섬처럼 무거웠어

오늘
우금티 고개 위에서
소들이 소리친다

>
우리는
이렇게 우금티를 넘었 소!

엉겅퀴

육신은 영혼의 덫인가

천상을 자유로이 날던 그대
가시에 찔려 주저앉은 이승에서
무슨 미련 남아
상처난 무릎 절룩이며
아직도 헤매는

육신은 영혼의 꽃인가

베옷 자락으로 구름을 불러
방상시 칼날에 우레를 쪼개어도
진정 아름다운 그대
이제는 헤어질 수 밖에 없어
하늘 가에 피어있는

* 방상시[方相氏] : 눈이 여러 개 달린 귀신 모양의 탈

종로시장

새벽시장에 가보셨나요
일용할 만큼의 양식을 모으기 위한
말벌들의 함성 속으로 들어가보셨나요

글밭열무 햇살 쪼이는 채소전
들깨씨앗 물 오르는 종묘상
잉어 비늘 팔딱이는 어물전을 돌아보면

오뉴월 땡볕에서
보리밭 매시던 어머니
바람부는 언덕에서
상수리 줍던 누이
대처로 유학 갔던 이웃집 오빠
소꼴 베던 박영감네 머슴도
거기서 역사를 하고 있지요

예수는 싸구려 난전에서 소리치고
부처는 리어카를 밀며 뛰는
새벽 종로시장은
악다구니의 축복 속에
홀로도 외롭지 않은
말벌들의 천상이지요

연緣

탑돌이 하는데

스님 머리 깎은 자욱이
하도 하얘서
현기증 나데

법당에 오르다가
난간 위 석련에
옷자락 스치니
꽃잎이 지네

흐르는 구름 보고
한숨 한번 쉬었더니
소나기 내리고
꽃잎이 젖어흐르네그려

인사동

아사녀가
구리 거울을 문지르며
가르마 곱게 참빗질한다

와당 조각에서
처용이 걸어나와
소맷자락 날리며 춤춘다

청자항아리
학 울음이
천년 시공을 날다

오호, 이승의 벗님이
코 망가진 석불로 웃으며
잔을 비우네

한지

해맑은 살결
따스한 눈빛
여문 손 끝
소素색 명주 잣던
백제 저樗 씨 가문

제 혼자 물어 물어서
서라벌을 찾아온 저녁

치마폭에 얼룩진
먹물 한 방울로
오층 석탑을 피워올린 소저

이승의 짧은 인연
연지에 묻고
임의 숨결
마지막 스친 옥개석 안

무구정광대다라니경
가슴에 품은 채
천년을 기다린 여자

무영탑
그림자를 찾아준
내 여인 아사녀

사물놀이

허리 잘록한 그 여편네
잡으면 끌려오고
안으면 엉겨들던
당 다당 당 다당 다당 다당 당 당
눈은 슬프고 가슴은 뜨겁던
그 여편네 품고 돌아가는 떠돌이 사내

나는 미처도는 아낙
대보름날 저녁 동네에 들어왔던
남사당 그 사내를 못 잊어
깨갱 깽 깨갱 깽 깽 깽 깨갱 깨갱
밤마다 산야들야 헤매어
춤추는 김초시네 막내 며느리

열 살에 인생을 알았더면
환쟁이가 되었을
스무살에 인생을 알았더면
풍각쟁이가 되었을
이참판댁 안방마님
임종 시에도 꼿꼿하던
만장이 펄럭이던 날

구름장이 부르짖던
징 —
그 한번의 통곡소리

겁의 인연을 산지기로 살아
황소의 눈물
가죽이 찢어지는 아픔
언제 내 몸에서 이런 소리가 났던가
쳐도 쳐도
짐승으로서 다 못 할
우리 함께 안고 돌아가는
둥 두둥 둥 둥 두둥 두둥 둥 둥

한줌의 사랑을 펼쳐놓고
인간사 설움을 풀까나

한 보자기 인연을 날려놓고
세상사 한을 풀까나

머릿수건도 버선도 벗어버리고
홑고의적삼 흠뻑 젖어

맞잡고 울다가
혼자서 돌아가는 이승
한판 굿

화냥년 우리 이모님

여름내 길쌈해서 모본단 혼수 끊어 등잔불 돋워가며 봉황새 수
놓던 이모님 박가분 칠하고 연지 찍고 시집가서 겉보리 찧어 새벽밥
하는 새댁이 되고 싶던 막내 이모님

콩대 걷어내던 가을 들판에서 트럭에 실려가 사지 더러운 개돼
지로 떠돌다가 보고지고 돌아온 고향 다락방에서 거적에 말린 채
여우고개에 묻혔어

징용 갔다 재티되어 돌아온 절굴 총각과 짚각시 짚신랑 되어
첫날밤을 지낸 후 다홍치마 활활 이승을 떠나는 새벽

외할머니 울음소리는 안마당에 꺼지고 박수무당 요령소리는
화냥년 우리 이모님 혼불 따라 하늘 높이 활활 타올랐다

꿈

나방이는
홍수난 개울에서 언덕으로 날아오르는 개미

학은
뛸 수 없는 병풍 속에서 세상으로 뛰어내린 말

꿈 꿀 줄 아는 사람들은
거울 속으로 들어가는 문을 두드린다
동방삭이를 따라 사막을 헤메일망정

꿈에 가까울수록 까치발 그림자는 작고
꿈이 멀수록 큰 그림자는 땅을 덮고 산다

어느 날 남루한 그림자를 곱게 접어놓고
무심천 건너며 날개 씻는 나비
지친 나비의 영혼에
이승의 인연 노을로 탄다

골프장에서

뉴옥 퀸즈에서 좀 좋은 동네라는 베이사이드
골프연습장엔
저녁마다
많은 한국사람들이 모여
골프채를 휘두른다

글로서리에서 또는 크리너에서 하루종일
일에 지친 피곤한 몸을 이끌고
아이들까지 데리고 와서 열심히 가르친다

3분마다 뜬다는 라과디아 공항 비행기들은
밤이 깊어갈수록
초록빛 노란빛 불을 반짝거리며
골프장 하늘 위로 날아오른다
작은 공도 방망이로 치는데
날 한 번 맞춰바라 하며 서서히 사라진다

그래 못 맞출가봐
이렇게 죽어라 연습하는데
내가 안되면 자식들을 가르쳐서라도
언젠가는 꼭 맞추고야 말 테다

>
자, 기마자세로
손목힘은 빼고 경쾌하게
허리를 유연하게 돌려서
그렇게 배우지만 아무렴 어떠랴
꿩 잡는 게 매지
비행기만 맞춘다면야

아버지

아버지는
한겨울에도 땀을 흘리시며
시뻘겋게 단 쇠를 녹여 강철판 위에 놓고
더 강한 망치로 따앙따앙 때려서 호미를 만드셨다

아무리 세상이 좋아져서
쇳물을 형틀에 부어
쉽게 찍어내는 호미가 싸고 좋다고 해도
아홉 번 담금질하고
아흔아홉 번 망치질한 호미만 못하지
사람의 팔뚝에서 나오는 힘과
이마에 흐르는 땀을 먹는 호미가 최고라고 하시며
하루종일 만들어도 열 개를 못 채우지만
허리가 굽어서까지 호미를 만드셨다

백화점에 물건이 넘쳐나는 걸 볼 때마다
그 소리가 들리더니
이제는 정치판의 비리 소식에도 그 소리가 들리고
로또복권으로 몇 억을 탔다고 떠드는데도
귀에 가득 망치질 소리가 난다

>

아직도 변하지 않은 아버지의 망치질 소리가
세상엔 그래도 변하지 않는 것들이
꼭 있는 법이라고
따앙따앙 울린다

망치질

처도 처도 소리나지 않는 흉물스런
육신 돌아와 돌아와
지느러미 한 쪽 적시지 못해도 파도로
달려가기
날아라날아라
빛이 먼지로만 쌓여도 바람
부르기
바위도 몸부림하다
땀 맺히는
축시
쇠는 목탁이 되고
목탁은 법당이 되어
두웅둥 피어라피어라
깃털 속까지 공기로 꽉 찬
독수리 날개를
밀어올리는 바람
팽팽한 경계
정지된 찰나 터지는 소리
와! 물이다

마굿간에서

검은말 흰말
훤칠한 말들이 멋지지만
아무리 청소를 하고 마른 짚을 깔아줘도
말이 많으면 많을수록
냄새가 고약하다
그래서일까
말들도 자기 몸을 더럽히지 않으려고
서서 잠을 잔다
말 위에 타고 있으면
재미도 있고 덜 외롭지만
떨어지는 건 시간 문제
그렇다고
내려서 걸어도
말 가까이 있는 이상
언제 발길질에 나가떨어질지 모른다
죽은 사람도 있다던가

말들을 어느 조련사에게 맡겨볼까

묵묵히 마굿간 청소나 하며
한 세월 양치질을 열심히 하다보면

갈고 닦인
쓸만한 시 몇 편쯤
건질지 몰라

7부

노을

늙어서

늙어서
가게 되어서 좋다
젊어서 갔더라면
원망하고 미워도 했을 텐데

이제
나를 용서해줘요
나도 그대를 용서합니다
말하고 갈 수 있어서
참 좋다

외출

콜라겐크림도 바르고
불망 속옷도 갖춰 입는다

뾰족구두도 찾아 신는다

오랜만에
밖에서 만나자
남편과 약속한 날

저기
머리 하얀 소년이 서 있네

산책길에서

산책을 하다가
한 의자에 앉아서
각자 핸드폰을 꺼낸다

방에서 책을 읽고 있으면
여보 점심 하고
남편이 카톡을 보낸다

저 세상 갈 때도
건넌방에서
여보 나 갈꺼야
할 지도

젊은 부부에게

별로인 두 사람이 만나서
시간을 견디고
이겨내면

빛을 반사해 반짝이는
두 개의 별이 된다네

서로의 길을
함께 밝혀
아름다운 한 길이 되는

결혼생활

생활이란 둥지를
프라이팬에 넣어
통째로 지지는 일

사랑이란 꿈에
고추를 넣고
달달 볶는 것

지나고보니
끓이고 찌는 것보다
지지고 볶는 음식이
훨씬 맛이 있더라구요

옛날 사랑 요즘 사랑

옛날엔
애써도 애써도
사랑이 전달되지 않으면
내 목숨으로 전달하려 했지

요즘엔
애써서 사랑이 받아들여지지 않으면
그의 목숨을 뺏고 싶은가보다

너도 나도 없으면
세상에 어디 사랑이 남겠니?

우리 모두 가고나도
사랑은 남는 건데

조금 더 참자
기다려보자
포기하고
보내는 것이
더 큰 사랑이란다

수술

배꼽 아래
축 늘어진 세월
커튼을 열었다

살기 버거웠던 집을 허물고
내친 김에
주춧돌까지 치웠다

일생 따라다니던 여자라는 굴레를 벗고
네 활개 펴고 잠에 들었다

그런데 아기를 업고
한 아기를 안고서도
잃어버린 또 한 아이를 찾아
헤매다가 잠을 깨곤 한다

육신은
정신에 앞서는 업인가
항문에 빠져나온 리본까지도

쑥대머리

세상살이 힘들어

머리도
옷 매무새도
쑥대머리지만

마음새는
비단결이랍니다

미안

당신이
날 만나러
왔다가신 날
하필이면
한파 절정이었네요

미안해요
감기 걸리게 해서

부부 I

천상에 숨겨둔
복숭아 함께 훔쳐먹으며
비밀을 공유하는 죄로
사는지 몰라

헤어지고
후회하고
다시 미워하기 위해
사랑하는지 몰라

또다시 미워할 줄 뻔히 알면서도
갈비뼈 문질러
불씨 지피는 일은
치유할 수 없는
아픈 병인지 몰라

네 육신에 흠집 내고
내 영혼도 갉아먹으며
앞서거니 뒤서거니 죽어가는
눈 먼 벌레인지 몰라

\>

충실했던 우리 연극
이별연습이 끝나는 날
함께
천년 후의 만남을
예약할까

망초꽃

억울해요
당신을
망치고 싶지 않았어요

많이 사랑하진 못해도
그만큼에서
서로 아껴주며 살고 싶었어요

사랑받지도 못하고
억울한 소리만 들으며
끈질기게 살아온
세월이 아까워요

차라리
망할 망 말고
잊을 망
망초꽃으로 불러주세요

자귀나무 꽃술

고뇌는
아름다운 흙이었던가
사랑은
그리도 시원한
샘물이었던 것을

당신의 부러진 날개는
위로였던가
그리움은
구천을 헤매는
꿈이었던 것을

애증의 여름날은
아름다웠어라
영혼이 숨쉬는
너의 육신은
나의 신이었음을

저문 날
들녘에서 찾는
그대

앞이마
머리카락
한
올

고로쇠나무

큰 키 뽐내며

맛도 약도 좋다고
제 핏물 다 빼어주더니

겨우 남은 나뭇결로
악기가 되어 노래하는

기생오래비같은 놈

그래
좋으냐

핑계

갈수록 처지는 눈매
들리는 콧구멍
깊어지는 팔자주름

나를 가라앉게 하는 건
중력 탓이 아니라
당신 탓이어요
날 꺼내줘요

쌀벌레

벌레가 나와서
쌀 한 부대를 버렸다는 딸에게
쌀 미* 자도 모르냐며 야단을 치고
나머지 한 부대를 가져왔다

떡집에 가지고 가서
주인아줌마랑 옛날이야기를 펼쳐놓고
체로 치고 골라내어
씻고 또 씻어서
흰떡을 빼어
몇 집이 나눠 먹었다

신랑이 웃지도 않고 말했다

요즘 고깃값도 비싼데
그냥 밥해 주지

핸드백

두통약도
휴지도 넣어야지

최소한 두 개의 가면과
카드 몇 개도 넣고

가까이 오는 사람들 다치지 않게
손톱깎이는 비닐로 잘 싸서 넣고

이중 백 밑바닥엔
상처 난 심장을 숨겨야지

부고

깨어라 똑
친구의 부고가
한밤에 태평양을 건너왔다

명왕성으로 갔을까

친구 뒤 따라 올라가다가

화성쯤인가
추워서 되돌아왔다

멀리서 손을 흔든다
거기선 아프지 마

너도바람꽃

허파에 바람 든 년
그렇게 지청구 듣더니

이른 봄
살얼음 냇가에 피어있는

너도바람꽃

요렇게
똘똘하게 살아왔구나

금혼식

금목걸이 채워주며

끊일 듯
이어질 듯

다시
엎어질 듯

이제까지 온 것
기적이네요

앞으로도
기적 만들어봅시다

결혼기념일

그날
나와의 약속을 지키려고
또 하루를 살아낸다

행복한 시간이었는지
의미있는 날들이었는지
힘겹게
한 계단 또 한 계단을 오른다

그렇게
지난한 한 세대의
촛농이 되어
케익에 한번 더
촛불을 켠다

흐린 눈

안경 쓰고 얼굴 보면
땀구멍 털구멍 무서워

적당한 거리에서
좀 흐릿한 불빛 아래서 바라보기

서로가 다 알게 되는 날은
어쩌면 이별하는 날이어니

적당히 사랑하고
적당히 헤아리며 살기

부부 II

싱그러운 꽃들 지천인데
병 속에 시들어가는 꽃 바라보며
호들갑 떠는 너
정신병자 아냐?

하늘도 구름도 내 것인데
어둠 속에 웅크리고 앉아있는
난 그럼?

환자끼리
웃다 싸우다

가엾어라 기인 세월
가을인데

입씨름

여보! 스톱! 스톱!

깜짝이야 왜 그러는데?

앞에 비둘기가 있었어

아니 비둘기 때문에 그 야단이야?
차사고 날 뻔했잖아

오늘도 입씨름

치매

나를 흔들고
해체하고
떠내려보낸다

물에 떠가는 너를 보면서
누구야? 뭐야?

혼자 심각하다

노을 I

늦게 가는 길

길 잘 찾으라고

넘어지지 말라고

서녘 문지방에

하나님이 걸어 놓으신

호롱불 비친다

딸들에게

엄마 걱정은
하덜 말어라

나는
항상 쾌청이니까

8부

바람

바람

빈집 마당 쓸쓸히 돌아나올 때
그 때 거기서 마주친 바람
당신이었군요

쓸쓸한 가을국화에 스치던 그림자
다시 뒤돌아보던 바람
당신 눈길이었군요

언제
그대의 머리카락 한 올 스쳐볼까나
어디서
그대의 저고리 안섶 다시 들쳐볼까나

우리 이승에서 떠돌다가
다시 스친다 해도
그대인 줄 알기나 할까

여기서도 모르고 지난 걸
다시 마주친다 해도
나인 줄 알기나 할까

비로봉 가는 길

봄이 되면
비로자나불님도
참지 못해
지상으로 내려와
꽃으로 피는 길

꿩의 다리 설핏
뛰어간 곳에
노루귀 쫑긋
여우오줌 찔끔

모싯대 적삼 입고
장구채 두드리는 동자승
비비추 지천인
여로꽃 길

비로자나불의 유혹에 넘어가
약사여래불님까지
천상에 오르지 못하고
숨어살고 계신

>

비로봉 가는 길
길섶

* 비로봉 가는 길가에 많이 피는 야생꽃 : 꿩의 다리, 노루귀, 여우오줌, 모싯대, 장
  구채, 동자승, 비비추, 여로꽃 등

생

좋은 날도
아픈 시간도
함께 할 순 없었지만

이만큼한 거리에서
바람결에 들리는 소식
빗속으로 보이는 모습

그 거리감과 외로움이
날 정화시켜주었습니다

노을 II

두고온
무엇이
아직도 거기 있어

그렇게
찾고있는가
자네

전화

햇살 좋은
창가에 앉아
친구와 전화를 한다

이 세상에 온 거
참 잘한 일이야

언제 만날까

4B 연필

기쁜 날은
너를 그리고

슬픈 날도
너를 그리고

오늘같이 아픈 날도
너를 그려

내 4B연필은
다 닳았다

물감으로 그릴 걸
네 얼굴 더 곱게

가을

가을이란 말은
꼭
가을을 닮았네요

스산하다 말하면
가슴에
스산한 가을 바람이 불고요

스산한
가을바람이
낙엽을 몰고
창을 두드리네요

갈잎이 갈 때라고

보고싶었소

소중한 것
변하지 않는 것
목숨을 건다는 것
애기 낳고 사는 것만이 아닌
높고 아름다운 것
자취도 없이
사라지는 게 세상이라지만
백년 전으로 가서
하고싶은 말
보고싶었소

모든 꽃의 이름

백모란 고상하다 말하지 말아요
손끝으로 채곡채곡
접어둔 슬픔
소금꽃인 걸요

붉은 모란 아름답다 말하지 말아요
목소리 가닥가닥
뽑아올린 아픔
선혈인 걸요

모든 꽃의 전설은
뿌리까지
슬픔과 아픔이 스며있답니다

서쪽

내가 좋아하는 것들은
다 서쪽에 있다

서산 바닷가에서
서왕모를 불러 대화하는 친구

서들광문에서
도원결의 하던 사내들

어스름 노을에 잠든 여류시인

그리고
사마천의 고향 하양

나도 서역으로 가야겠다

돌아다니다가
오장원에 이르러
꽃 한 송이 바치게

먹[墨]

황모 붓에 먹물 듬뿍 찍어
한 점 산을 옮겼네

화선지에 계곡물 번지더니
나무 자라
숲 무성하고
새 날아와 우네

한나절
솔바람 소리 듣다

먹물 마르고
낙관 찍으니

숲도
새도
간 곳 없네

사랑하는 이여

행복한 날이 있었네
그리워 한 밤을 지새운 날이 있었네
좁은 길 걸으며 외로워 울기도 했네
그리워 그대 부르며
꽃을 피우고 싶은 날이 있었네

그러나 사랑하는 이여
우리 다시는 만나지 못하리
한세상 꿈꾸며
떠도는 바람으로라도
그대 이마에 부서지는
한 줄기 햇살로도
다시는 만나지 못하리

꽃이 피었던가
사랑을 했던가

그대여
이 아름다운 세상에서
사랑하는 이여

\>
우리
사랑을 했었던가

무릎 딱지

그대를 보낸 지 얼마인가

상처난 무릎
나을만 하면
딱지를 떼고
또 나을만 하면
또 떼고

나, 낫고싶지 않아요

선인장

가시가 무서워
다가가지 못했습니다

조금씩
다가가 보니

선인장에도
이쁜 꽃이 피네요

노란 꽃

카페에 있는 노란 꽃이 예뻐서
똘똘이 AI한테 물어보니

이쪽에서 보여주면
뚱딴지꽃이라 하고

저쪽에서 다시 보여주면
노란 코스모스라 답한다

스킨십이 안 되니
틀릴 수 밖에

복수초福壽草

얼음 사이 피어나는
얼음새꽃

눈 속에 피어나는 연꽃
설련화

새해 산애재에 피는 반가운
원단화

살짝 기울어진 황금빛 술잔
측금잔화

어느 곳에서건 불러주는 이름대로 피어나는
반가운 봄꽃

그래서 한반도에선
여기저기 일찍 봄이 오나보다

그런 사람

마음 구석 속속들이 내보여도
이해할 것 같은
가식도 없지만 알맹이도 없는

어쩌면 네가 나이고
내가 너인 그런 사람

허허로운 바람으로 불다가
한 세월 스쳐간

어디선가 떠났다 해도
그래요, 잘 가요

그렇게
인사할 수 있는
아니 인사가 없어도 좋은
그런 사람

인도

뉴욕을 다녀왔더니
당신은 프랑스를 다녀왔다며
빨간 루즈를 주시네요

우리 함께
인도에 가요

소도 쥐도
신이 된다는 인도에서

당신은 시바
난 찬드라가 되어

갠지스강에 몸을 씻으며
한 세상 살아봐요

그 담에 무엇이 될지
다시 생각해보구요

계절풍

골목길
창가에 스쳐가는 바람이었을까

들판에서
풀잎 휘젓고 가는 미친 바람이었을까

아니
멀리 바다만 바라보다
떠나는 계절풍이었나보다

애팔래치아 산 위에서

멀리 떠나와
애팔래치아 산 위에서
바람결에 물어도
소식 없는 그대

그래도
외롭지 않음은

나 그대 생각하느니

그대도 가끔은
내 생각 하느니

비 오는 날

이 황량한 우주에서
부대끼고 슬퍼하며
오르고 올라라
하늘로 올라라
나 여기 있어요
언제 물줄기에 휩싸일 줄 몰라요

유월에 오르는 꽃비
아득히 떨어지는 소리

겨울

이제 겨울인데
숲의 새들은 어디로 가나요

하고 싶었던 못다한 말들은
어디를 헤맬까요

눈 속을 걸어가면
어디쯤 통나무 집 한 간이 있을까요

고마운 사람

만난 적은 없지만
꿈에선가
음성을 들은 적 있는 사람

사랑
감사
미안
그런 말 말고

고마운
한 사람 있네

너를 돌봐주고
사랑해준 사람

나보다 더
너를 안쓰러워하고
안아준 사람

나무 옷장

나는 나무였다
네 창가의 푸른 나무였다가

어느 날 베어져
목말라 뒤척이다가

이제는
너를 감싸고 서있는 옷장

나무냄새 좋아
네가 말했지

이대로
조금 더 너를 기다리고 있을래

첩살이

주렁주렁 열매 달린 나무 옆
겨우 몇 알 달린 작은 은행나무

누군가
앤 첩살이 하나 봐
웃으며 말했더니

그 후로 아예
열매 한 알 안 열린 나무

미안하다 잘못했다
동네 사람 모두 빌고 나니

다음해부터
이쁜 은행들이
주렁주렁 열리더란다

버섯이름

비온 뒤
숲을 지나다가 누가 말했다

저기 굴뚝버섯이 있어
어머 노루궁뎅이도 있어
저건 잔내비걸상이야

재밌어라

버섯이름 지은 이
그 이름 부르는 당신
알아듣고 웃는 우리

고려사람인가
조선족인가

9부

칠십

칠십

사랑은
복숭아꽃 찻물
끓어넘치지 않게
자작자작

슬픔은
모래사장
너무 패이지 않게
사분사분

하지불안증후군 I

걸어온 세월을 자각하라고
갈 길이 얼마 남지 않았다고
아픈 다리
한밤의 전선 가설

어차피 긴 잠에 들 텐데
아직은 녹슬지 않은 정신줄 잡고
깨어서 기도하라는
신의 음성을 들을 수 있는
긴급통화 전선

그러나
전선공사는 길어지고
불안하게 흔들리는
요단강 다리

오늘도 샬롬~

하지불안증후군 II

어느 날부턴가
종아리에 스윽스윽 풀이 나더니
톡톡 풀벌레가 뛴다

하긴 내 몸을 지구만큼 확대한다면
눈썹 사이로 벌들이 들락달락하겠지

동굴 속엔 박쥐도 살고
강물 아래로는 꽃붕어도 헤엄치겠지

나는 안드로메다의 별일지도 모르는데

숲 하나 생기고 새가 온다면
좋은 일이지

새벽

백양나무 가지 꺾어 뼈대 만들고
진흙 이겨 살 붙여서
반백 년 넘어 쓰고나니
나무 강단 스러지고
수액 빠지고
새벽녘이면
숨어있던 벌레들이
스믈스믈 기어나온다

내 육신은 진작
너희들 집이었고
뼈와 살은
너희들 길이었고 먹거리였던 것을

그래 이제 알았으니
천천히 기어다니려무나
살살 갉아먹으려무나

이 새벽
우리 함께 깨어서
이 세상 얘기 내가 할 테니

너희들은
저 세상 얘기 조금씩만 들려주렴

하나님 소맷자락 좀 만져볼 수 있을까
우리 어머니 얼굴
아주 잠깐만 볼 수 없을까

시간

설거지하는 시간보다
맛사지하는 시간보다

햇살 쪼이는 창가에서
나뭇잎 바라보는 일
이슬비 내리는 숲에서
빗방울 손에 받아보는 일

지나가버릴
그런 작은 시간이 소중해

잠깐 쪼이는 햇살 속으로
스치는 작은 빗방울 사이로

우리
가버릴 수 있으니까

땅

어릴 땐
오는 눈을 한참 바라보면
하늘로 날아 올랐는데

젊을 땐
빗물이 흘러내리는 게 아니라
위로 흘러 올라갔는데

이젠 모든 것이
아래로만 내리네

땅이 편안하고 좋은가보다
뿌리 사이에
눈과 비의 방이 있나보다

안과

병원에 갈 때마다
의사가 말한다

눈을 사용하지 마세요
많이 감고 계세요

젊은 의사양반
뭘 모르는군

좀 있으면
어차피 못 보고
오래 잠들 텐데

2023 여름

하나님
긴 겨울 너무 추웠을까
햇볕을 듬뿍 주시니 감사해요

더워 더워 소리치니
시원한 물을 너무 많이
쏟아부으시네요

제민천도 금강도
옥룡동도 다 쓸려갔어요

당신 사랑
조금 천천히
적당히 주세요

늦잠

어서 일어나거라
이거 보려무나
방아깨비가 놀잔다

이른 아침
논에 다녀오신 아버지가
말씀하시는데

으음 이불을 들치고 일어나면
여기는 어디인가
나라는 그대는 누구신가

휘뚱거리는 멀미를 잠재우고보니
저만큼 걸어온 길이 보이네

곤륜산 한 걸음에 뛰어넘어
그 때 그 골목에 서볼까싶어

도심의 아파트 10층에서
눈 꼭 감고
다시 청해보는 낮잠
구름 한 조각 붙잡고

다리강

지늘키게 다리 아파
일어나기도 힘든 밤

천만년 전부터 마그마가 흘렀다는
몽골의 다리강 가에 간다

징기스칸이 눈을 씻었다는 얼음동굴에서
양 다리 쓱쓱 씻고
초원을 달린다

눈도 환하고
다리도 안 아플
그 날을 기다린다

백야

누워서
눈을 감으면
더 아파오는 다리

얼마 안 남았으니
깨어있으라는
숙제인지도

지구를 몇 바퀴
더 걸어야
끝날지 모를
오늘도 백야

지하수

밤 새워 기다리면
조금씩 고이는 물

오래 잡고있던
두레박 줄을 내린다

첨벙
한 가득 퍼올린 것 같은데
조금 고였었나
출렁거려 반은 쏟아버렸나

목말라

머리

휑한 머리
앞 정수리에
쪽가발은 왜 얹는데?

새가 와서 앉으면
모이도 주고
이야기도 나눌까 하고

부채

젊을 때
꽃이랑 나비를 접어
부채 속에 넣었더니

가끔 펼쳐보면
꽃잎 향
바람소리 스치더니

이제
대나무 마디 마디 사이
묵향만 남았네

희수 喜壽

길 옆 돌멩이도
쓰다듬어주고

망초꽃
억울한 사연도
물어주며

느리게 걸어도 좋은
이 길
좋아라

여행

새내기 교사
기다리던 여름방학
친구들이랑
여행 떠나자 약속하고

풋잠을 잤나
아직 준비를 못했네
부산 떨다가

다시 깨고 보니
손주들과 점심식사를 끝낸
칠십 노인네가 앉아있네그려

꿈이야 이건

어서 준비해야지
여행 떠나야 해

한여름

하루종일 에어컨을 켜고 있다가

원두막에서 먹던
미지근한 수박 맛
모깃불 옆에서 나던
매캐한 풀 냄새
칠석날 달의 산
불공소리가 그리워
밖으로 나가 지열을 쐰다

툭
때 이른 솔방울 하나가
반가워 인사를 한다

냇물

골방에서
누워있다가 가기 싫어

징검다리 건너
세심천 빨랫터에 갈 거야

속곳도 적삼도 다 빨아서
햇볕에 바싹 말려 입고

무심천
훨훨 건너갈 거야

이사

이사할 때마다
발레신발, 옛날 동화책, 낙서장 등
버리고 싶지 않은 것들이 많아
상큼한 것을 좋아하는 남편과
많이도 다투었다

이제
한번 더
이사를 해야하는데
좁은 길에 들고 갈 수 없어
모두 두고 가야 하겠다

내 조각들아
이쁜 친구들아
고마웠어

오늘도
고별인사를 한다

얼굴

언제나 즐거웠던
귀엽고 도톰한
원이었다가

기쁨도 슬픔도 채워져
세련된
타원형이었다가

어느샌가
욕심 가득 채운
양문형 직사각형이 되었다가

이제는 김빠진
좀은 안정된
삼각형이 되었네

마테오리치 신부님이
내 얼굴을 보시면
얼마[幾何] 하시겠네

눈꽃빙수

팥을 듬뿍 넣은
눈꽃빙수를 앞에 놓고

당신이
나의 첫사랑이었답니다
라고 말할 수 있는

내 나이
Lucky double Seven(77세)

이 편안함
참 좋아라

나이

시시로 나이를 잊는다

그 사이에도 잊지 않는 것

시를 써야지

내가 시시하지 않다는데

내가 시詩라는데

나이를 잊고 쓴 시면

뭐가 어때서

행복과 감사

한 해가 가고 오는 날
정갈한 밥상을 마주하면
네가 생각나서 행복했다

이제
네가 아파하지 않을 때쯤
떠날 수 있다면
그 또한 감사한 일이겠다

매미

마음의 문을 활짝 열고
쏴악쏴악
다 씻어내고 수리하시오

곧 찬바람이 불 테니

친구

점심을 먹고 얼굴이 하얘진 나를
누우라더니

양말도 안 신고 걸어온
깨끗하지도 않은
냄새나는 발을

정성껏 누르고
만져주던 친구

십년이 지난 지금까지
챗기가 없으니

자네가 편작이로고

가을볏논

익어가는지
말라가는지
조용한 가을 볏논
저만큼 바라만 보다가
가엾고 기특해
가까이 가서 쓰다듬으니
후다닥 튀어오르는
메뚜기 몇 마리

놀래라
내 안의 메뚜기떼도
후다닥 튀어오른다

조울증

생각지도 않았던 말이
왜 튀어나왔을까

원망스런 입
조증인가보다

항상 하던 말인데
왜 이리 생각이 안 날까

머리 속은 엉긴 실타래
입이 안 열려
울증인가보다

언어가 날고
또 죽는
오늘도 조울증

나비

내가 시라면 시가 되고
후후 불면 나비가 된다

한두 장 남은 원고지 위에서
맘껏 날갯짓 하렴

멀리 날아가도 좋아
네 고향 찾아서 날아가렴

바이올린

세상 빛이 너무 쎄서
잠이 안 와

젊은 네가 켜던 바이올린
f홀의 좁은 틈을 비집고 들어가니
오래된 가문비나무 향
몇 사람이 잠을 청하고 있어

하루에도 몇 잠을 잔다는
누에에서 뽑은 명주실
현을 타고 흐르는
비 오는 날
사각사각 뽕잎 먹는 소리같은
파가니니 A단조를 들으면

거기 어디쯤에서
잠이 들지도

70대

거쳐온 산맥 위로
강물이 흐르고

사막의 모래가 슬린다

갑골문자 새겨진
손등을 보며

다 못 헤아린 역사를 가늠한다

은나라가 있었을까
동이족은 거기 살았을까
흉노는 어디로 갔을까

70년에 새겨진 세상은
내 역사는
너무 재미있어

우주 나들이

오늘 밤엔
시를 타고
우주에 갈까보다

로켓보다
더 멀리 날아가서
새들이랑 별이랑
이야기할까보다
지구별
포근한 이부자리가 그리워지면
시집을 타고
돌아오지 뭐

불면

오늘 밤은
이천 년 전
가여워서
멋진 남자에게 가봐야겠다

사마천 옆에 앉아
먹물 갈아주고
꽃차 한 잔 나눠 마시게

세월이 별건가
천년이 백년이고
세 평 방이 천하인 것을

장강에 지는 꽃잎 얻어 타고
황해에 이르면
새벽이 오겠네

10부

슬픈 인터뷰

슬픈 인터뷰

개똥밭에 굴러도
이승이 좋다는 말은 아니라고

하마스에 잡혀간 딸
에밀리가 죽었다는 소식에
잘 됐다고 말하는
아버지
흔들리는 어깨

세상에서
가장 슬픈 인터뷰

청계천을 걷다

10년 전 중3 사진
송혜희를 찾습니다
플래카드

이슬 한 방울이
강물이 되다
벽을 튀어나오는
전태일

반세기 뒤로
걸어가면
청년 전태일이
소녀 송혜희
손을 잡고
저기 걸어온다

우리 아들이고
우리 딸인데

소식

다들
전화국을 짊어지고 다니는 세상에

삐삐도 핸드폰도 사절인 친구

온통 처진 전화선 틈바구니
그 큰 목소리로
어디에 숨었는지

옷도 벗어놓고 빈 몸으로
어디로 갔을까

전화번호가 없으면
살도 뼈도 무용인 세상인데

부도

누구의 손인가

누가 나를 들어
앉은굿을 하고있나

그런대로 되어가던 바둑놀이가
집을 짓기 시작하면서
높게 높게 담이 쌓이고
당신이 보일 창도 없이
뱅뱅 돌다 갇혀
다시는
일어설 수 없다는 절망

냄새나는 삼백예순 한 간마다
향을 피워도
살아있음은 차라리
덫일 뿐

언제부턴가
잘못 놓이기 시작한
한 점 바둑 돌
악연의 마무리를 서두르고 있는가

노숙자

언제부터 집이 있었더냐
방 안에서만 잠을 잤더냐
함께 살아야만 가족이더냐

그제는 곰이랑 쑥을 나눠먹고
엊저녁은 구렁이랑 굴에서 잤다

아침 햇살이 비치면
영혼은 콘크리트 벽 속으로 숨고
육신은 낙엽되어 구르지만
더 이상 부서지지 않으려고
넥타이를 고쳐 맨다

밤이 되면 또 꿈을 꾼다
지진이 일어나고
만년이 흘러
발가벗고 열매를 따먹는 원시림을

2등

이미 늦은 걸 알았지만

되돌아 오는 길

개들도 돌려보내고
친구는 눈보라 속으로 사라지고

그러나

더 이상 손가락을 사용할 수 없을 때까지
모든 여정을 기록한

눈 속에서 일기장을 꺼내자
팔이 떨어져내린 스콧

2등은 결코
실패자가 아닌 것을

영하 40도의 남극에서
기도를 드린다

뉴스

물 속에선
지느러미가 없어 헤엄을 못 치고

하늘에선
날개가 없어 날지 못하고

다른 나라에 가자니
말이 안 통해 못 살아

이 나라 이 땅에서 살아야 하는데

매일
귀 아프고 눈 슬픈
가슴 저미는 소식만 가득하네

이쁜 사람들

이십 년은 넘은 플라터너스 길에
보도블럭을 깔고 있었다

다 깔고나서 보니
어머나 이쁜 사람들

죽은 나무를 뽑아내지 않고
그냥 베었네 바로 옆에
몇 뼘 넘은 움이 돋아난 걸 보고
살려주셨네
어디서 왔는지
까마중도 하나 숨어있네

올림픽

울지 마
빠르지 않아도 돼
높지 않아도 괜찮아
강하지 않아도 좋아

앞선 자보다
뒤에 함께 가는
많은 사람에게
박수를 보낸다

물론 울고 있는 너에게도

떼쟁이

이·팔 전쟁이 끝나기를 기도하면서
주님의 뜻대로

그러나
손주의 코로나 앞에선
꼭 고쳐주셔야 해요
붙잡고 늘어지는 떼쟁이

이 이기심을 어쩌나요
그래서
세상은 이렇게 어지러운가봐요

잠

스물네 시간 쉬지 않는
전광판의 선전과
달리는 자동차 불빛에
서울 거리의 꽃들은
잠을 잘 수가 없다

장미씨앗도
어둡고 고독한 냉장고에 두었다가
씨를 뿌려야
싹을 잘 틔운다는데

서울은 언제나 여름

거리의 꽃들은
어둠이 그립다
잎새를 천천히 접고
잠을 자고 싶다

씀바귀꽃

상암올림픽 경기장
올라가는 계단 사이
씀바귀 노란 꽃 한 송이

수천의 사람이 오르내리고
과자봉지 빙과껍질 날리는
물 한 방울 없는 마른 가을

어찌 잘못 내려앉은 자리 탓
계절 탓 하지 않고

마른 꽃 피워낸
쓴 맛 내는 너도
이 가을 이쁜 꽃

말

얼마만에 들어보니
정치가들의 말이 바뀌었네보네
아니면 무성유리가 설치돼있나

이러다간
야당어·여당어·일반국민어
말이 다르겠네

김점순 여사

연대 앞
지하도에 있는
페인트 초상화
김점순 여사

독립운동에
잘난 아들 상옥이도 보내고
가족 모두를 잃었지만
삶의 마지막 순간까지
의거를 도운 어머니

지금까지
백년도 채 안 지났는데
너무도 변한 사람들

오늘을 사는
우리가 부끄러워
한참을 서있었다

장마

꽃 진 자리 뭉개고 앉아
있으라커니 가라커니 앙탈부리며
역겨운 지분냄새 풍기며
아랫도리부터 더듬어 올라와
주룩주룩 쏟아붓더니만

너로구나
온세상 뒤집어엎은 자리
제 새끼들 잉태하고
욕심껏 대지를 살찌우는
화냥년

모래내 시장

겨울 지나자마자
냉이랑 돌미나리 캐어
오뉴월 땡볕에
열무 뽑아서

가을이면 고구마 캐고
겨울이면 무말랭이 말려서

문산에서 모래내까지
일년 열두달 애면글면 품팔아

일곱자식 가르쳐
시집장가 다 보냈다는

젊어 떠난 서방보다
경의선 기차가 더 고맙다는

흰 머리수건 할머니

모래내 시장이 정들어서
지금도 가끔
푸성귀라도 뜯어가지고 오시는 할머니

수제비

전쟁이 터지자
지고 메고
평양에서
무조건 서울행 기차를 탔다

서울역은
사람이 너무 많을 것 같아
한 정거장 못미처 신촌에서 내려

창내마을에서
은가락지 하나 빼어주고
헛간을 얻고
나머지 가락지로 밀가루 한 포대를 사서
수제비 장사를 했더란다

이제는 집도 사고
신촌 터줏대감으로 자리 잡은

가끔 듬뿍 퍼주는 수제비 한 대접으로
하루를 버텼다는
그 시절 대학생 손님이 찾아오는 게

너무 고맙다는
양할머니 이야기

이수역에서

갈아타는 거리가
먼 역

과수원에
배꽃이 많이 피었었나보다

성형외과 학원 아파트 등
많은 광고 끝부분에

잃어버린 아이를 찾습니다

와르르
배꽃이 진다

버티고개역에서

징용에 안 끌려가려고
버티다버티다 떠난 오빠

남의집살이 안가고 싶지만
버티지도 못하고 넘어간 언니

지금은 버티다가
떠나지 않아도 된답니다

즐겁게
하고 싶은 일 다 하세요
언니오빠들

상추씨앗

상추씨앗을 냉동했다가
모래랑 섞어서 뿌린다는
친구의 편지를 받고
잊고 있던 씨앗을 찾아 뿌렸는데
열흘이 지나도
소식이 없네

미안하다
상추야
상추씨앗아
생명아

내가 너무 오랫동안
너를 잊었구나

전철에서

가엾다고 돈을 주면
버릇이 나빠진다는데

나라에선 나에게
늙었다고 공짜표를 주네

나도 누군가가 가엾어
공짜표값을 건넨다

중복

답답해서 못 견디겠네
바람쐬러 나갈까

허파에 바람 들면
시원하게 날아갈까

서울의 봄

영화 보고 나오는 길

봄에 진 꽃들에게
손 흔든다

심장마비 안 걸리고
그 시간을 지나와
영화를 본 게 부끄럽다

경의선

신촌 기차역에서
한 정거장
가좌역에서 내리면서

이대로 신의주까지 가고싶다
아쉬운 마음

그때 사람들을 만나
이야기를 들으며
신의주까지 가다보면

하얼빈으로 가는
젊은 아버지를 만날지도 모르는데

11부

은가락지

서시

한밤
일어나 앉아
방을 닦는다
지저분한 주위
이대로 갈 수는 없잖은가

한밤중
다시 일어나 앉아
손을 닦고 또 닦는다
먼지 묻은 손
이대로 살 수는 없잖은가

맑은 눈으로
시를 쓴다
몇 번을 태우고 태운 낙서지만
이대로 갈 수는 없어
새벽녘
쓸고 비운 가슴에
빨래처럼
시詩 한 조각이 널린다.

엄마 1

네가
엄마라고 부르자
풀잎은
물이 오르기 시작했다

네가
엄마라고 부르자
새는 노래하기 시작했다

오
'여자'
신의 축복.

엄마 2

네가 태어날 때
비로소
세상을 보았다

네가 옹알이를 시작할 때
말을 배우기 시작했다

큰 머리에 다리만 길다란
손가락이 다섯 개인 사람을
파란 크레파스로 그릴 때

사람의 다리가 얼마나 긴가
그래 손가락 다섯 개가 얼마나 소중한가
사람도 파랄 수 있구나

새롭게
새롭게
엄마는 문을 열었다

그런데 이제
너는 열아홉

나는 열다섯
네가 뒤돌아 보아주길 바라며
여기 서서
발을 구른다.

내 슬픔은

비 오는 날의
내 슬픔은
네 얼굴의 빗물을
닦아 줄 수 없음이라

바람 부는 날의
내 슬픔은
네 옷자락을
여며줄 수 없음이라

기인 가을날
내 슬픔은
여윈 내 손을
잡아 줄 수 없음이라

이렇게 시린 겨울날
진실로 내 슬픔은
네 아픔을
함께 할 수 없음이라

>
네 아픈 계절을
지켜보아야만 하느니
내 가슴에
진눈깨비 내린다.

딸

겨울
단단한 땅에서도
저절로 움트는
민들레 싹

아직 바람은 찬데
저절로 자라는 잎새

어쩜!
노오란 봉오리
그 작은 네가
꽃을 피우다니

언젠가
날아갈까
어디로……

껴안고 싶은
네 영혼.

딸에게

딸아
큰딸아
네가 왔을 때 엄마는 행복했다
감사했다
낮엔 세상 모든 꽃을 꺾어
네 손에 쥐어주고
밤엔 하늘의 별을 모아
네 꿈자리를 폈다
장막을 쳐 찬바람을 비끼고
엄마의 온기로 눈보라를 녹여가며
너의 걸음마를 도왔다
이제 뒤뚱거리며
세상을 잘도 헤쳐가는 딸아
바람아 살살 불거라
조금 더 세어져도
의연히 맞서서 바람을 맞거라

어린 너에게 많이도 얘기하고
많이도 기대고 살았는데
이젠 엄마의 체중이
너를 짐스럽게 하누나

그러나 아직은
너에게 힘이 될 수 있을까

오늘도 너의 꿈자리 속을
헤집고 들어가고파
창호지에 대나무살 부쳐 꼬리연 만들고
무명실 꼬아 연줄 만들어
너에게로 날려보낸다
멀리멀리 날아가거라
내 딸의 꿈 속으로 들어가거라.

어머니

하나님은
가장 먼저
여자를 만드셨을까

그녀를 조금 더
아름답게 빚으사
남자를 만드셨을까

그를 더욱
강하게 하사
아버지를 만드셨을까

그리고
더욱 아름답고
더욱 강하게
당신의 혼을 불어넣으사
'어머니'를 만드셨을까.

천변

하늘에서 흘러내리는
맑은 개울물
그 물가에서
고기 잡고
농사 짓고
길쌈하며
살던 사람들

그 물로
쌀도 씻고
발도 씻으며
살아온 사람들

하늘 물 마시며
하늘 물가에서
평생 살다
죽어간
사람들.

세상

저만큼 피어있는 꽃들
잎새 부비며
흔들리는 풀잎들
헤살지어 몰려가는 물안개들
날갯짓에 와 부딪는 햇살들

어쩌다 너와 나
한 세상에 태어나
서로 바라보고 있느니

꽃이파리 흩날리는 핏물자국
잎새 속 꿈꾸며 흔들리는 수천 개의 영靈
구름되어 떠다니다 무너져 내리는 빗줄기
젖은 나비 날개 흩날리는 비늘 가루들

어쩌다 우리
너무 아름답고
그래서 슬픈 벌레이고녀.

나 갔다 오면

나 갔다 다시 오면
꽃으로 올께
노오란 수선화로 피어나
네 앞에 있을께

나 갔다 다시 오면
새로 올께
노래하는 비비새로 날아와
창가에 앉을께

그러나
가고 싶지 않아
네 곁에서 아파 우는 안개이고 싶어
갈 곳 잃어 억겁을 헤메인다 해도.

너

그 환한 길에서
너를 보았네
어수룩하게 골목 어귀에
서있던 너
어둔 밤
집에 와서 누웠는데
내 머리 속에 네 모습이
자꾸만 보여
서서히 잔영이 사라지던 때
가시에 찔린 손이 곪아가면서
네가 와서 만져주면
나을 것 같아
네 생각만으로
손이 나아
분홍빛 새살이 돋고
그래 비로소
내 영혼 속에 부서지는
은빛 가루.

그리움

바다 무늬
저고리

하늘 무늬
치마

그믐달 바래이는
열 손톱 모으고
까매진 기도祈禱

여인女人은
항구 없을 하아얀 길
흙을 씹다.

인연因緣

서럽고
아픈
인因이라 해도

맵고
질긴
연緣이라 해도

이승의
인연因緣
그대로

꽃상여에
누워
다리 건너고

조그마한
무덤 속에
눕고 싶어

\>

한 십 년쯤
풀꽃으로 피고 지고

백 년쯤
강물로 흐르다가

몇 천년千年
바람으로 떠다니면

이승의
인因과 연緣
벗어 버릴까.

은가락지

머리 곱게 빗어
낭자 하고

치마폭 둘러
행주치마로 깡똥하니 묶고

조이는 버선
회목 돌려 신어
까치발 딛고

그렇게
십 년
이십 년
가두어둔 하늘

은가락지
한 쌍에
건
천년千年.

밤

어둔 밤
온몸에 기름을 붓고
날아오르고 싶어라

귀는
세상 소리
휘몰아 들으며
열 손가락에
사랑으로 불을 지피고

맨발로
이승의 매운 땅 위에
기꺼이 누워

피와 살에
기름을 붓고
비둘기 털처럼
가볍게
날아오르면

>
살아있음도
떠나감도
한번의
반짝이는 날갯짓

새벽안개
사이
한 점
빛

모두가
고와라
아름다워라
감사해라.

아버지 1

당신이 가고나서부터
밤이면
한쪽 팔이 시립니다

비가 오는 날이면
몸이 떨립니다

눈이 오면
육신이 얼어갑니다

북풍이 부는 밤이면 또
당신을 따라 나섭니다

천안삼거리 피양까지
발 부르트게 걸어서
광목 목도리 두르고
기찻간에 앉아
신의주를 거쳐
헌 트렁크 하나 든 채
북만주 벌판을 헤매입니다

>
당신이 가고나서부터
나는
춥고 배고픈
미친 바람입니다.

아버지 2

이제사
철공장 망치소리가
땅땅 따당하고
귀에 선연히 들립니다

이제사
얕은 함석지붕에
허름한 다다미방
연변 거리가
호떡집 오뎅집
배고픈 조선족 모습이
보이기 시작합니다

이제사
의용군으로 끌려나가
도망다니고
부역했다고 잡혀가
뼈가 부서지게 두들겨 맞던
당신의 생生이
가슴 밑바닥에 와
닿습니다

>
당신도 그러셨나요
아버지가 가시고 난 후부터
피죽 먹고
전장에 끌려가고
서럽게
서럽게
살고 죽어간
아버지가 생각나셨나요.

아버지 3

엉겅퀴를 뽑아내며
당신의 공장을 부셔버립니다

씀바귀를 뽑아내며
당신의 통장을 불사릅니다

쑥줄기를 뽑아내며
당신의 두고온 집을 불태웁니다

고운 잔디만 가지런히 자라는
당신의 집

빗물이 스며도
이제는 덜 춥고

관 안으로 기어들던 불개미도
윤회의 한 점일 뿐인데

그러나
저만큼 커가는 아카시아 가시가
당신의 마지막 시야를 흐리게 합니다

>
자식들의 벋어가는 욕망이
당신의 흙집에 금이 가게 합니다.

조각보

빛나는 세월 아까와
차마 오려내고
설운 날들 애처러워
행여 도려내고
풋잠 자던 일상의 틈새까지
짜투리로 모았다가
자르고
맞추고
이어가는
진솔한 삶의 조각들
한 자 조각보
고운
님의 밥상보.

당신은 1

열일곱
흰 칼라 여학생에게
먼 길을 걸어오신 당신은
빛이었습니다

찰랑찰랑
물밑 모를 빛깔로
흔들리던 당신은
크나큰 슬픔이었습니다

이제금
허물을 멋고
파리하니
거기 서 있는 당신은
우리 모두의
가엾은 연인이십니다.

당신은 2

당신은
호화로운 정원 옆
비껴 피어있는
풀, 풀꽃, 풀꽃 대궁

당신은
반짝이는 별자리
좀 떨어져 흔들리는
별, 별빛, 별빛 그림자

당신은
바람 부는 창가
가끔씩 내리는
비, 이슬비, 안개비.

열일곱 1

그저 한낱
팔랑거리는 색종이었을 뿐인
열일곱 어느 날
창틈으로 스며든
햇빛 한 줄기
가슴에 살 맞아 접어둔
은백의 햇빛 한 장

그렇게 눈부시고
황홀하던
들키지 않게
싸고 또 싸두어도
스며나오던 물감
은빛 햇빛 한 장.

열일곱 2

사랑이여
그대
생각하면
이내
뛰는 가슴

그러나
그것이 사랑이뇨?
그대 사랑하느뇨?
물으면

몰라라
나는 몰라라
아무리 생각해도
나는 몰라라
그대가
말해보소.

열일곱 3

열일곱 어느 날
햅쌀 조리 일어 앉힌
그대 가슴에
발 고운 용수 하나를 박았습니다

조금씩 고이는 맑은 수액을 퍼내어
홀짝홀짝 마시며
내 혈액은 당신으로 가득찹니다

하여
당신은 나무 끝까지 말라가고

나는 숨죽여 우는
한 마리 산새가 되었습니다.

기도

주여
저의 잔이 넘치나이다
살 태우는 사랑과 뼈 태우는 미움이 너무 짙어
잔에 빠질까 저허하나이다

주여
저의 잔이 넘치나이다
살도 뼈도 영혼도 내어준 아이
거둬가실까 저허하나이다

주여
저의 잔이 넘치나이다
문득 살아오는 옛사람들 때문에
내 옷이 젖을까 저허하나이다

주여
저의 잔이 넘치나이다
찰랑이는 잔에 쏟아부은 질척한 설움 한 덩이
유리잔이 깨질까 저허하나이다

주여
제 생의 잔은

투박한 토기잔에 쓰디쓴 한약 한 종지
목마르게 마시길 원하나이다

모든 것이 녹아든 수액
혼자 마시며
마지막까지 삭히고
가길 원하나이다.

꿈 1

예쁜 바느질 그릇 속에 꿈을 모아두어라
오색 헝겊과 구슬과 꿈을 꿸 은바늘도 두어라!
어느 날 은바늘은 총자루로 변해 쾅쾅
너희들의 가슴을 쏘고 쓰러지는 너희들은 묻는다
'바느질 그릇이 무슨 소용이 있나요'
가슴을 가린 손 위에 번지는 핏물을 보면서도
오직 할 말
'마지막 순간까지 다독거려라.'

꿈 2

I
개미 여자는
큰물난 개미 세상에서 날아오르는 나방이

병풍 속 미인은
다닐 수 없는 그림 속에서 세상에 뛰어내린 학

꿈꿀 수 없는 세상에 사는 여자들은
거울 속으로 들어가는 여자 동박삭이.

II
나이 들어가며 자꾸 꺼내보는 거울, 일어나서도 거울, 세수하고
거울, 식사하고 거울, 길 걷다 거울, 혼자 있을 때 거울, 잠자리에
들 때 거울, 거울을 보며 그 속으로 뛰어들어 밤마다 천년을 산다.

III
꿈에 가까울수록 까치발 걷는 그림자는 작고, 꿈이 작을수록 큰
그림자는 땅을 덮고 산다
어느 날 옷을 개듯 그림자를 곱게 접어놓고 무심천을 건너며 날개
씻는 지친 나비의 영혼에 슬픈 이승의 인연 노을로 탄다.

가을 1

가을날
떨어지는 잎새들을 보면서
우리 이별 연습을 하자

언젠가 너와 나
헤어져야 할 날이 오리니

그 날
맑은 영혼을 보면서
우리 이별을 하자

한 세상 너와 나
서로 바라 외롭지 않게 살았느니.

가을 2

가을날 자갈밭을
맨발로 걷는다

오, 따스한 이 감촉

인간의 정열과
사랑과
미움과
설움을
다 묻힌 자갈 껍데기에
가을 햇살이 닿아

더욱 따스한 맨발

사랑했던 여름.

가을 편지

낙엽이 지는 하늘 끝
어느 선 위에
너의 영혼이 숨쉬고 있어
나에게 온다는 것
네 조그만 가슴이
네 영혼에 와 부딪는다는 것
이 가을날
눈물 겹도록 아름다운 일이 아니냐

어느 날
네가 가고
또 내가 가고 나면
가을 낙엽처럼 떠다닐
우리의 편지

바이얼린의 선율에 실려
가을 하늘을 떠다닐
우리의 영혼

아직은 햇살이 따스한 가을 날
너의 긴 편지를 읽으며

듣는 지고이네르바이젠
슬픈 우리
영혼.

시인詩人

진실은 덮어두고
　언어에 의한 역사
　언어의 유희
언어를 조작하는 자는 누구냐
　없어지는 언어, 언어, 언어
언어를 붙잡아매는 자는
　더욱 끈질긴 거짓말쟁이.

가을날 1

가을 낮엔
아침부터 저녁 나절까지
온종일
빨래를 하고 싶다
반듯하고 하얀 빨랫돌을 골라
맑은 물에
걷어올린 발 담그고 앉아
열 아홉 살의 속옷과
스물 아홉의 고운 색옷과
서른 아홉의 온갖 허물을
비비고 헹구고
방망이질하고 헹구고
해가 다가도록 빨래를 하고 싶다
이윽고 어스름 일어서면
팔도 아프고
손은 부르트고
허리는 잘 펴지지도 않겠지만
내 영혼은
하늘 어디쯤 닿아 있을까
따스한 조약돌밭 걸어오다가
그 자리에 넘어져도

아, 아직은
젖은 빨래 한 소쿠리 안고
나는 그뿐이지만
흰고무신 한 켤레
어둠에 그뿐이지만
가을날엔
몇날 며칠 빨래를 헹구고 싶다.

가을날 2

가을날
네 긴 그림자에
무엇이 묻어있는지
한 번 살펴보렴

빛 바랜 잉크 얼룩
서큼한 땀 냄새
지우려고 애쓰다
더 번져버린 물감 자욱

그림자가
어두워서 다행이지

더욱 다행인 것은
얼룩진 그림자일지라도
다른 누군가를
누군가의 추운 알몸을
따스하게
덮어줄 수도 있다는 것이지

\>

그래서
가을날은
기도와 감사로
하루가 짧은 게지.

거울

거울 속을 뛰어들어가면
동방삭이가
끝없이 걸어가더니

얼마 전엔
목 늘여 우는
후궁이 앉아있더니

언젠부턴가
화전민 여자가 보인다
메마른 산등성이
감자
숯검정
나무등걸
쭈그러진 젖, 허리
화전민 마누라
걷지도 않고
울지도 않고
낮엔 일할 뿐이고
밤엔 쓰러져 자는
그뿐인

화전민 여자가
그네는
백제 때도 여기 살더니
조선 때도 살고
오백 년이 지난 지금도
또
여기 있네

그녀는 잠자는데
거울을 닦으며 나는
천년을
운다.

드라이플라워

장미의 신비로 다가서던 봄
초록의 정열로 사랑했던 여름
쓸쓸하고 허허로왔던 가을의 안개꽃

남는다는 것
아름다운 순간들을 놓치고
까칠하게 남아있다는 것
겨울 여자의 슬픔.

월산 1

새벽달이 걸려있는 자그마한 산

분홍 벚꽃 피는 암자엔
일곱 살 애기중이 있었네

꽃 꺾고
고사리 뜯고
그렇게 자라
열일곱 처녀중이 되어
'수리 수리 마하수리
 수수리 사바하'
염불을 외우며

사바세계
노총각 선생님을 보면
홍조를 띄우던 스님이 있어
월산은 더욱 아름다웠네.

베토벤의 집 1

화려한 외출을 마치고 집에 들어선다

돌집에 담쟁이덩굴이 덮은 집, 윗층의 커튼을 확인하고 계단을 한층 한층 내려가며 옷을 벗는다 거기 지하, 바람도 잠잠하고 온갖 빛깔을 차단한 그곳에 비로소 자유로운 나의 침상

삐걱거리는 뼈와 찢긴 살덩이를 다시 맞추고 뽑힌 머리카락을 제자리에 심으며 울음 운다 수액을 짜내며 물이 출렁인다 그 위에 음악으로 떠다니는 한 장 육신 조각

물이 빠지는 날 나는 한 포기 풀이 되어 땅에 뿌리 내릴까 한 줄기 연기 되어 하늘에 오를까

해만 도는 또 그 날, 백랍을 붓고 거리에 나서면 이렇게 당당한 나 윤회의 육신과 혼돈의 정신 베토벤의 젊음.

베토벤의 집 2

수액을 짜내며 물이 출렁인다
조용히 흔들리며 담쟁이덩굴이 커나간다

견딜 수 없어
누운 채로 핏물이 유리창을 두드린다
돌집이 무너진다
부서지는 육신
새벽
비로소 일어서는 조용한 영혼

정열을 구두 밑창으로 깔고
오늘도 가난한 외출을 준비한다

혼돈의 육신
침잠한 영혼.

베토벤의 집 3

창문을 꼭꼭 닫고 하루를 누워 잠만 자면 하루 분량의 먼지가
쌓이고 이틀을 누워 자면 이틀 분량의 먼지가 쌓인다

그것은 이승의 먼지 찌꺼기 살의 비늘인가

아니면 자는 동안 꿈꾸는 영혼의 날개에서 떨어져내린 솜털인가

손가락에 피맺히도록 털고 쓸고 말끔히 닦아내는 것은 이승의
인연과 영혼의 노래를 소멸시킴인가

베토벤은 백 년 동안 아직도 잠을 자고 아무도 그 집에 들어가지
않았다.

술 1

위에 하늘 있고
너와 나 사이 바람 불고
내 앞에 잔 하나 있어

아직은
수액이
반 너머 찰랑이고 있으니

우리 울어도 좋은 때.

술 2

깊은 밤
맑은 유리잔에
붉디 붉은 핏물로
촛불을 켜면
내 안에서 엉켜 타오르는
설움의 덩이……

사람
사랑.

술 3

한 잔에
노래하고

두 잔에
울고

세 잔에
잠들고 싶다

생生
이대로 마쳐도 좋은…….

술 4

크리스탈 잔에
차운 얼음덩이
반쯤 채우고
진 1온스
토닉워터 2온스
가볍게 저은 후
레몬 한 조각 띄워
잔을 들면
그대
우리는 친구
외로운 B♭ 단조의
세월이 흐른다 해도
이 우정의 기억만으로도
우리 젊음은 아름다워
잔 너머
겹쳐보이는 너의
맑은 눈.

술 5

여나믄 살까지는
모든 것이 잘 보였는데
풀도, 여드름도, 뾰족탑도

스무 살이 되면서
흔들려 보이기 시작했지
안경을 쓰니까 잘 보이데

서른 살이 되면서
돗수 높은 안경을 써야했고

마흔 살엔 책을 읽을 수가 없어
돋보기를 썼지

이제 그것도 잘 안 보여
세상이 다 흔들려 보여

어느 날부턴가
술을 마시면
이렇게 잘 보이는 것을

>
세상도
나도
같이 흔들리면서
이렇게 잘 보이는 것을.

12부

풀꽃만 아는 이야기

진달래

하늘은 눈도 귀도 없이 알허리만
길어요.

어스름 노을
모가지
툇마루 기둥, 싸리꽃 이파리.

굿소리
쌀 뜨물, 손가락, 언니, 백치 가시내
둔갑한 중
소, 멍든 동공
허물어버린 절
자기磁器, 학鶴
심지
피
피꽃되어 괴어나는 슬픔을…
유전.

오오랜 하늘은 알만 모를만 바람이
고와요.

>

기다림
야산엔 아픈 씨앗이 강물 되어 흘러요.

하나는 둘도 셋도 아니어요.
해묵은 등걸에 이울어 이울어 또 이울어 피는
피 빛깔이어요.

어쩜 이렇게 느끼한 하이얀 그림일까요.
하이얀 그림일까요.

풀꽃의 이야기

거르고 거르면

남는 것

외려

작디 작은 알갱이

말씀으로

물만 빨아

휘이도록 꼿꼿이 밀어올려

피운 꽃

세상 떠나는 날쯤

그제는 침침한 임의 눈결이

어쩌다

\>

한번

안쓰럽다

스치기를 바라며 살았거니

한恨은

한 줄기 받들고

손들어 우는

철저한 종이고 싶었거니.

풀꽃만 아는 이야기

너무 오오래 전 이야기라
알고 있을까 몰라.

그 날
은회색 참밀대
물살과 빛의 야살짓던 눈짓
강바람.

백양나무 숲의 소살대던 이야기
갓 깬 배추흰나비의 비늘
모래의 능선이
어느 아침
갑자기 바뀌어진
석상
한 점 역사처럼
그 마다의
소중스런 몸짓으로
뒤채였음을, 순간 빛났던가를.

어쩜 알고 있을까 몰라.

\>
참아도 뛰던
가만한 가슴을
아프도록 꼬옥 모으면
실핏줄 선연한
손을.

모시 삼는 여자

가온뎃 가리마
눈 내리뜨고
모시를 삼으며

때로는
심이 벗벗해
여린 손가락
버히기도 하고

납질로 한나절
눈이 아릴 땐
잠시 먼 산도 보고

얼핏 깜박하면
치마 안 무릎
부끄럽게도
황홀한 피가 맺히고

버선코 뒤로
한 바퀴 두 바퀴

>
여름 하루
기인 긴 해를
더 곱게
가르고 비비어
잇고

겁劫을 깔아도 좋은
모시 한 꾸리를

임 그리며.

친정집

사금파리
쌀 흙 속에서
햇살이 논다.

담 사이
돌나물 나고
고양이 수염이 빋는다.

대문간 기둥 틈엔
순녀 할아버지의 부고가
누렇게 얼룩졌다.

머슴은 쇠가래에서 황소를 끌고 왔고
산지기 여편네는
깃광목을 희게도 바랬다.

달포에 한 번
장 나들이 다녀오시던 아버님
조끼 주머니 속에선
박하사탕도 나왔다.

>
시집온 뒤 사십 평생
흰소리 한번 없으신
어머니 경대엔
동백기름이 놓여 있었다.

그 곳엔
열아홉 처녀가
수바늘을 쥔 채
설잠이 들었다.

　건넌 방
　벽장
　종이 바구니 속
　하얀 이마 흰 고무신
　검은 새벽 검은 바람 검은 기침
　온갖 빛깔을 거부하고
　맑은 수액을 걸러내는
　사람이 있다
　옮겨놓으면 바랠
　열면 날아갈
　만져도 사그러질

늦은 내 스물
그때 너.

수틀 속
반 놓은 거문고 가락이
방 안을 채우고
뜨락으로 흘러내리고 있었다.

어머니

한도 몰라
꿈도 몰라
한세상
손끝 아리도록
엉킨 실을 풀었다오.

스무 해
한번 끊기면
절름이는 동이물 받친 끈
그만 부끄러워
한 치 실 때매
새벽에 눈을 붙이기도 했다오.

육십 평생
한번 끊기면
그대 겨운 발길 모시 댓님
그만 안쓰러워
서 푼 실 때매
한밤을 새우기도 했다오.

\>

천년 그네줄
한번 끊기면
가슴 다져 조인 치마 허리
그만 애절해
무명실 한 파람 때매
며칠 목을 늘리기도 했다오.

억년 당신 말씀
한번 끊기면
곰네의 인종忍從
그만 서러워
명주실 한 꾸리 때매
백 날쯤 두고두고 풀기도 했다오.

한세상
엉킨 실 풀다보니
손가락 매디 금금이
투박한 별이 가라앉았오
내 어머니.

모란

뿌리 끊어
피운
짙은 꿈
이
대낮
꽃
잎
지는 몸짓.

맥도
껍질도
흙 되고
꽃물도
흥건히 땅에 스며
뿌리되어 산다.

겨울.

점點

조립식 뿐
도랑에 놓치면
장구벌레도 되고
정원에 놓으면
뿌리 없는 나무도 되고
때로는
알맞은 가방도 된다.

그런 틈
접을 수도
더 펼 수도 없는
짐승
굳어도 말라도 부유하는
부딪혀 멍 들어
되 와 박히는
짐승의 눈물.

쓸모 없는 듯
소중한 듯
틈 입이라도 대고 싶은
짐승의 눈물.

\>
새벽이면 접혀질
돌 감방
밤새 뿜어낸 물
위에 뜨다 뜨다
부채살만 남은 육신
기도는
차라리
걸진 흙 한 줌뿐.

내일은

멀리
싸고 도는 아침 안개.

부딪혀
하나도 되고
어떤 것은 터져버리기도 하고
어느 골목으로
날아가버려
안타까이 노을도 되고
들녘 작은 집
방울 소리도 되는
안개 알맹이.

한낮을 더 빛나게 할
무언가
어디선가,

마악
아침이
움직이기 시작한다.

호밀밭

겉돌다 미끄러져 시울고 마는 햇살
오르다 자지러지는 물기 까칠한 꺼럭
사리어 여민 자락 저만큼한 거리
간혹 사운대는 은회색의 언어

벗어논 꽃뱀의 허물에 신神이 지핀다.

봄비

대문 빗장
살짝 걸어두고
뒷목 결린
아래채.

새댁
지분 바른 볼
얼룩 지우고
목
가슴으로
짭잘히
스민다.

감질나는
봄
봄 내
비.

목련

암청색 공단
눈 꽂아 한 점
바늘 꼽은
땀에 패이는 한恨
머리칼 잘라
메꾸며
가다가는
아리한 손끝
등심지 낮추고
눌러보는
부끄러운 피.

한밤에 빗은 머리
하이얀 평수
목련 피우고
명주골무에 스민 피
고목 깔깔수 놓고

정한 손질로
남은 한恨 삭히어

>
눈 들면
새벽
백목련 가지 아래
당신의 물빛 쪼끼.
'손이 젖었습네.'

소화불량

풀물 든 무명치마
산야 들야
바람 쐴 줄도 몰랐어.

노루털 가다듬어
정도껏 먹물 찍고
빳빳이 풀먹여 둘 줄만 알았지.

매끄러운 손끝 눈
온 몸 훑어
까끌까끌한 모래
가슴까지 모아놓고
소화불량증
한숨으로 내보낼 수 없어
위세척 해도 안 된대
어느새 위벽은
살 반 모래 반일세.

밥 한 그릇 못 비우고
2분 후면 느끼는
하루를

가늠하는
약 두 알.

꼬꼬

삼백 평 닭 아파트는
모터 소리에 섞여 밤이 없다.
멜로디가 더웁다.

날개도 다리도, 그 자리의 눈도 필요 없이 퇴화해 가고
번호도 벼슬도 없고
울음도 모르는 채 살이 흐르고
어김없이 사료가 들어오고
적당히 배 부르고
간격으로 알이 구르고
결코 돌아볼 수 없다.

필요 없는 것은 필요 없고
모르는 것은 모르고
꼭 그만큼 적당한 철망
삼천 간, 간.

어쩌다 기이하게도
졸음 병균은 들어와
밤을 느끼고
노른자가 적어져가도

여긴 죽음이 없다.
고르륵거리다가 들려나간다.
견딤을 모르는 닭들이 들려와
메꿔진다.

항시 풍성한 생산
풍성하고 어김없는
주관자의 손.

모터 잘못으로
시간이 삐끗해
섣달 한 밤
어느 쪽에선가
퍼득거리던 고장난 울음.
누구, 꼬
누가 들었, 꼬
꼬.

달기장
풍성하게 살[肉]이 흐른다.

사월

반짇고리

지난 봄 책

면 느끼한 햇깔

삭쟁이

늘어

푹

칫겨 댕기 땋고

람 꼬아 귀 비치니

야,

백월산 지는 진달래

들기름 쌈지에 수바늘 접다.

고향 1

하양 색종이 접으면
파랑 빛깔
아카시아 꽃이파리 흩뿌리던 용이
날 선 작도 위 대 흔들던 용이 엄마

파랑 색종이 또 반을 접으면
노랑 빛깔
천변 내에 흘러오던 다섯 달 애기귀신
손톱 밑 하얀 달이 뜬 옥이 누나

노랑 색종이 반에 반을 접으면
빨강 빛깔
빗속에 뛰어가던 미친 남자
고운 번개 속에 가슴 쓸던 엄마

바래가는 스물 아홉 갈피에 숨어있는
열넷 반, 일곱 반에 반, 셋의 반에 반에 반
내 어린날
파랑
노랑
빨강 색종이……

고향 2

'어히이 어히이 억만년을 살렸더니'
복 많은 동개양반의 사흘장, 상여 나가는 날이었다. 밤새 막걸리를 퍼마신 용셈이, 누락에서 소 판 돈을 날린 달수, 새벽녘에 빠져 나갔던 새신랑 수범이, 삼베 일곱 필을 바느질한 성이네, 한 상 받는 지관 나으리, 동짓달 둥구나무집 큰마당엔 화릉화릉 새벽 불티가 날리고 있었다.

'임을 두고 나는 가네 어이허이 어허이'
아들 딸네미 사위 며느리 멀건 비게 국물을 퍼마신 손주놈들까지 아이고 아이고 울었다. 마을 남정네들은 모두 베두건을 둘렀고, 아낙들은 베띠나마 챙기고 있었다. 열셋 하고도 육십 평생을 함께 살아온 할메는, 잘 갔지, 나도 갈꺼유 영감, 고롱고롱 해수 기침을 했다.

'구만리 황천길을 어허이 어히허이'
졸 뽑던 방죽, 순이 댕기 뺏던 밭, 진달래 나무하던 청산, 물꼬 보던 논둑, 장가 가고, 여우 홀리고, 굴비 꿰들고 오던 고갯길, 과부네 싸리문 앞, 여나무개 봉투를 삼키고도 돌다리에서 상여는 춤였다. 깎은 밤같은 서울 손녀사위가 봉투를 놓았다. 하얀 세상 펄럭이는 꽃길을 스물 네 개 다리 가진 뱀은 돌고 돌아서 스믈스믈 집 뒤 피밭재로 올랐다.

>

'나 홀로 어이 가나, 어이허이 어어이이'
요령잽이 구슬픈 가락에 묻혀 내 고향 대추리의 한나절은 일렁
일렁 가고 있었다.

도시 都市

키 큰 사람들의
교회가 높이 지어진다
그 위 십자가는 한층 높다
생명보험회사가 높이 지어진다
아파트의 철근은 ×9층 하고도 위로 나와 있다
'ㅁ표 조미료' 당신의 혓바닥을 즐겁게
'ㅇ표 화장품' 당신의 얼굴에 회칠을
'ㅎ표 타이어' 당신을 하늘까지 안전하게
빨강 파랑 글씨도 높다

바벨탑 사이로
키작은 사람들이 걸어간다
비에 젖는다.

거울

거울 앞에 앉으면
낯선 듯 익은 듯한 얼굴이 보인다

구중궁궐 뒷켠 희궁의 처소
앞가리마 곱게 빗고 초록색 당의를 입은
자식도 없고 시샘도 모르는 채
반반세월 보낸 여자女子

손목 발목 합장하고 새점을 치던
바그다드의 주술가

혹은
피라밋 속에 매장된
열 갈래 머리땋은 검은 노예 소녀

돌아가야 할 천년千年 전의 혼魂이
나를 부른다.

흔적痕迹

I
칠석날
노스님 새벽예불이 청아한데

매디 굵은 공양주 스님은
목탁소리 따라 쌀을 일고

산소리가 설은 행자는
책장유리를 닳도록 문지르고

차례를 기다리는 보살님네 가슴은
디딤돌 없는 시린 은하수.

II
밤새 길어올린 물로
마디 마디 키워온 여자의 생生.

첫 버스를 놓치곤
동동쳐온 날들이
좀은 한스럽고
좀은 심심해

머리를 잘랐다.

바람에 뒤통수는 아문다지만
콩크리트 바닥에 잃어버린 성장成長은.

겨울 삭쟁이 옆에서
어깨가 결리다.

III
참으로 깨끗이 비어있는 시간.

거울을 마주하면
너의 뼛속
마알간 수만 개의 밤
아리게 흔들린다.

그 가늘은 바람결.

부딪지 않고 들어가
숨쉬는
내 은바늘.

\>
감겨드는
명주올로 놓아가는
스무엿새 날 새벽 달빛
한 가닥 가닥.

서서히 돌기 시작하는
뼛속의 무늬
너도 모르는 하아얀 수繡.

IV
일곱 살 적, 어머니께서 깃광목 겹쳐 붙이고 옥색 모본단으로 싸서 주시며 골무 귓밥 치는 법을 가르쳐 주셨다. 어설프게 귀한 색실을 끊고 다시 하곤 하다가 자정이 지나니 열이 났었다. 자다가 오줌이 마려웠던가 일어나보니 골방문 한지엔 달빛이 비쳐들고 고리짝 옆엔 연록색 저고리에 빨강 치마를 곱게 차린 색시가 앉아 있었다. 부끄럽고 무서워 그대로 엎드려 이쁘고 보고저버서 쬐끔 훔쳐보면 그대로 앉아있고, 어떻게 아침이 오고 늦잠에서 깬 일, 일곱 살 계집애는 '어머니 포로소롬한 저고리 입은 색씨 어디 갔나?' '헛깨비 봤구나' '아니야 색씨 참 곱으더라' 했었다.
　그리고선 앓다 나을 때쯤해서, 늦새벽 꿈결에서, 어스름 해질녘해서, 열이 내리는 막바지에선, 한지와 달빛과 고리짝과 포로소롬

530

한 저고리 입은 색시가 보였다.

　그 후 아홉 살 때 용한 의원이 지었다는 탕약 두 제를 질리도록
먹고 안 뵈니 '아, 헛것이었구나' 하였다.

　옥조이다 끊긴 한 줄이 있어
　가얏고는 바람결에도 울어
　앙가슴에 한恨으로 고여 흘러
　발목 시리게 한 해를 딛는다.

차茶

I

생강맛이 어떻더냐 약과 속 꿀맛과 합친 그 생강맛 어떻더냐 인절미 고소한 콩고물과 합친 그 맛 구절초 약 마시고 난 후 씹던 쌉스레 매운 맛 겉저리 담글 때 파 마늘 고추의 매운 맛 하고도 모자라는 똑 떨어지는 맛을 내주는 그 끝맛 감기앓이에 할머니가 해주시던 삶은 배맛도 아버지 쓴 담배맛도 산을 헤매고 온 날 맞던 어머니 매운 손맛도 모두 넣어 생강차 끓이며 밤 대추 채 썰고 호도 한 알 은행 두 알 띄우노라면 안 마셔도 이대로 좋은 냄새 생강차 세 번 우려내며 여자女子 설운 서른 고개를 넘네.

II

겉보리 한 되를 동구밖 샘물 옆에 놓고 물길러 갈 때마다 서너 바가지씩 물을 주어 기른 엿기름과 수리조합 앞 논에서 난 고른 쌀알 몇 되를 두었다가 설날에는 식혜를 하셨다 바쁜 큰댁 살림 불 지피고 일하다 보면 맛이 변했다 재작년엔 불냄새가 나고 작년엔 밥알이 덜 뜨고 올핸 시큼하고 다섯 명의 어른과 열 여섯 명의 아이들과 두 명의 머슴들이 먹고도 남던 젯밥을 먹어치운 후 다시 곶감 반 개에 밤 대추 몇 개씩을 받아 설빔 주머니에 넣고 그리고 시큼한 식혜 한 그릇을 마시고나면 호랑이 할머니가 계신 금마벌 큰댁 안방은 천당天堂처럼 따뜻했다.

III
기차를 탄다.
차창車窓으로 많은 역사驛舍가 스치고
눈 내리는 어느 작은 간이역
거기 내 집이 있을까
소나무 장작이 타는
내 방이 있을까
멀어져가는 모든 그림자에
손 흔들고
빛바랜 검정외투를 벗고
투박한 사기찻종
설탕 없는 녹차 한 잔을 마시고
긴 머리 풀고
무명이불을 덮고 눕고 싶다
내 생전生前에 그런 평안이 있을까.

IV
이걸 먼저 넣을까
저걸 조금 더 넣을까
아니 섞어넣고 물을 부어볼까
생활生活의 맛을 내는 하루의 시작 시간에

커피를 마시며
생활生活이 목숨을 타고 넘는
울컥한 기쁨
Fe의 색을 더욱 선명하게 물들이며
손끝 해변으로
파도波濤처럼 퍼져나가는 차茶 한 잔의 흥분
너무 무겁지도 않게
너무 가볍지도 않게

하루를 등에 업는다.

꿈

I

불쌍하다
밤새 편하게 자고서 엉덩이부터 들어올려 허리 들고
어깨 펴고 그리고 머리 꼿꼿이 들고 눈은 위를 불쌍한 원숭이
그리고서 두 팔로 쓰고 두드리고 싸움도 하고 더 불쌍한 원숭이
남은 두 다리 중 하나를 더 들어 발길질도 하고 까치발로 신나게
춤도 추면서
밤에서 밤으로 꿈에서 꿈으로 이어지는 기어다니던 짐승들이
하나 엉덩이들기 둘 허리세우기 셋 어깨들어펴기 넷 고개 들고
다섯 눈들기
너무 지치면 남의 눈에 안 띄게 잠깐 땅짚기 손에 묻는 흙, 꿈 냄새.

II

보험保險 드세요
생명을 조금씩 모아서 10년 얹어 드릴께요
땅을 한치 씩 모아서 넓은 묘지를 드릴께요
햇볕을 모아서 동산 위를 사철 따스하게 비출께요
줄어가는 당신의 살 1kg에 만원의 보험을 지불합니다
늘어가는 주름살 하나에 10만원씩의 보험금을 지불하구요.
보험保險 드세요
꿈을 모아서 당신의 죽음 위를 오색 꿈으로 덮을께요.

III

안됨, 안됨, 따먹으면 안됨, 여기로 다녀서는 안됨, 뛰어서는 안됨, 모여서는 안됨, 말해서는 안됨, 눈흘겨서는 안됨, 배고파선 안됨, 미워해선 안됨, 질문해선 안됨, 알아서는 안됨, 절둑거려서는 안됨, 죽어서는 안됨,

왜 살아서는 안됨이라고 하지 않는지요?

우리들의 꿈은 '안됨' 다리 건너편에 있는 걸 아시나요?

IV

꿈을 파시나요? 네 많습니다 한 권에 천 원이예요 인형 하나에 이천 원이구요 레이스 달린 옷 한 벌에 사천 원, 이 구름 사진은 오천 원이구요 꿈은 도처에 많아서 가슴엔 꿈이 지천이고 땅에 떨어뜨려 굴러다니기도 한다 아파트의 창窓가 이웃집의 녹색지붕 교회의 스탠드 글라스 속 신혼의 방 이태리 바이올렛 화분 속에서도 꿈은 커간다

봉오리가 피기 시작해 아무리 들여다 보아도 빈 자리,

그림책 속은 빛깔 없는 죽은 나무여요

우리들의 꿈은 비인 곳, 그 곳에 있나요.

바늘

내 반짇고리 속 실패에서
가장 질긴
다홍색 명주실 한 올과
곱디 고운 연녹색 세 올로
꽃 한 송이
잎새 세 잎
놓다 말아
보듬다 풀다
십 년 세월

가는 바늘 하나 잡고
목 늘여 눈감는 자정

아실까
그대의 대님 속
숨겨논 은침銀針 한 개
피 속을 스며 도는
작디 작은 아내의 꿈 조각을.

일상 日常

시장 바구니보다 작은 '앎'의 보따리 하나 들고
어느 날 아스팔트 위에 툭 쓰러지는
하나의 아름다움에 심취하지도 못하고
사람 하나 깊이 사랑하지도 못하고
어느 날 골목 어귀에서 툭 쓰러지는
우리네 일상 日常
자갈더미 야산에 가늘게 피어
우레와 바람에 시달리다가
어느 날 마른풀 되어 흙에 묻히는
그 자리, 가늘은 새 순 다시 돋는
우리네 역대상하 歷代上下.

초경 初經

I
부푸는 꿈조각
하나라도 흘릴까
모으고 모아 다지다가
오,
툭 터져버린 그 날, 햇살
그 아픔이
물무늬 맑은 유리컵을 갖고 싶고
빨간 꽃파리를 짓이긴다
무엇인가
무엇인가
세상 모두 들어올릴 이 분노
아예, 나는 죽음으로 갚노라
곱게 키워오던
대상도 없는 사랑
구만리 깊은 허공에서
물 밑 모를 깊이에서
나는 잠든다
서러운 꿈조각
올올이 풀어 떠올리며
이렇게 졌노라

이렇게 졌노라
내 아픈 빛깔, 가슴에 안고.

II
부끄러운 가슴
들킨 맨살
아카시아 숲 속으로
속으로 달려가는
아릿한 그림자
— 이브의 옷
넓은 잎사귀는 어디 있는가 —
맨발에 스치는
쓰린 독풀을 밟으며
숲속으로 속으로
늪엔 물이 불었는데…….

III
어쩌나
여기도
저기도
번지는 빛깔

앉은 자리마다
번지는
부끄러운 내 몸짓
맘대로 앉을 수도
설 수도 없는
내 까치발, 발끝
에서도 묻어날까
할 수 있으면
하이얀 채로 날고 싶었는데,
어쩌나
나는 곰녀일 뿐.

IV
어린날의 소꿉살이 위에
던져지는 원죄原罪의 낙뢰
신神이 끼워주는
구리 면류관
발자욱마다 이어갈
아픈 몸짓
이브의 행렬行列
위로 후둑후둑 비가 내린다.

V

그렇게 해서 여자女子가 되는 거란다.

휘뚱이는 디딤돌을 딛고서
거기서 넘어질 듯 울면서
여자女子는 비밀秘密을 갖게 되고
도색과 탈색을 위해 화장化粧을 하게 된다
비벼도 돌로 때려도
남는 흔적痕迹을
날 수 없는 굴레를 쓰게 된다
네 굴레를 갈고 닦으렴
일곱 번 물에 헹구어 햇볕에 말리렴.

어제는 선녀仙女 오늘은 거지처럼
다소는 허영과 오만과 간교함으로
독설과 열정과 비판으로
젊은 피를 뿌릴 수 있는 투지鬪志도 갖고
손바닥에 못박히는 희생과 인종忍從을
잃어버린 다드미질에 담아가며
무엇 무엇인가
한 밤 촛불 아래 목늘여 우는 절망에도 빠지며

그러나 결코 악惡에 머물러서는 안 되는 꼿꼿함
오, 그 모두를 사랑의 눈으로 바라볼 수 있어야
할 때.

비로소
인간人間 이상의 인간人間, 여자女子가 되는 거란다.

노리개

수壽 자 옥에는
나비 매듭을 엮고

주황색 밀화에는
칠보매듭을 엮고

동그란 호박에는
잠자리 매듭을 엮어

두 개는 장롱에 걸고
한 개는 옷고름 아래 걸고 앉으면

아, 난 전생前生의 후궁後宮
잠 속에 드네.

다과상

육각 소반 위

강정 한 접시
약과 한 접시

유리 그릇 속
수정과 국물
곶감 한 개에 박힌
잣 다섯 알

맑고, 찬 그 사람.

소녀 少女

I
하늘 나라를 보고싶어
잠들고 싶어요

꽃이 지고 잎이 썩고
참을 수가 없어서

혼자서도 클 수 있는데
자르는 칼이 너무 많아서

어른들의 세상
그 허위에 발딛기가 싫어서

고운 바람결에
심장이 견디기 어려워
잠들고 싶어요

밤마다 나는 죽어요
그 때마다
부끄러운 내 몸은 한 치씩 자라고.

Ⅱ
입 다물고
교복의 리본은 항상 매어져야한다
책가방은 오른쪽, 도시락은 왼쪽
뺏지는 반듯하게
머리는 귀밑 2cm

아니 아니
어째도 좋단다
너희들 그 재재거리는 입
나풀거리는 머리
네 맘대로 네 빛깔대로여야 한다
커튼 사이로 햇살이 놀자는데
수업 시간에 해해 웃어도
풋밤을 먹어도
손거울을 보아도 좋단다

검정 핀 말고
분홍 나비 핀을 하나
둘을 꽂아도 좋다, 소녀들아.

기도 祈禱

밥상을 앞에 하고 기도하는 아이
날마다 우리에게 양식을 주시니
은혜로우신 하나님 참 감사합니다
아멘!

이불 위에서 산토끼 곡에 맞춰 가르쳐주는 기도
낮에는 우리들을 평안히 지켜주시고
밤에는 날개 달고 고운 꿈 별나라
내일도 참되게 착하게 아름답게
내 이웃을 사랑하며 살게하여 주옵소서, 아멘

그러나
나는 기도했는가
항상 감사했는가
오늘도 평안한 마음을 가졌는가
거짓을 행하지 않았는가
간교하게 말하지 않았는가
가난한 내 이웃을 사랑했는가

나는
나, 나, 나에 급급하지 않았는가?

빨래

냇가에서 밀린 빨래를 한다

속옷과 겉옷과 이불과 겹겹의 허물을 빤다
남편의 때를, 자식의 때를, 나의 때를
부비고 문지르고 때려서
안되면 양잿물로 삶고 장화발로 밟아서
헹구고 또 헹구어
잿물찌끼도 손자욱도 남은 물까지도
또 헹구어 하얀 마음을 햇볕에 넌다

흰 마음을 내어주는 아침
남편은 아내의 빨래를 입고
아내는 어제의 때를 대야에 담는다.

<해설>

20년만에 띄우는 연서

나태주(시인)

20년만에 띄우는 연서

나태주(시인)

시란 무엇이며 시인이란 어떤 사람인가? 번번이 되묻는 한가지 질문이지만 번번이 그 답은 같을 수가 없다. 시란 것이 정형이 있을 수 없고 시인이란 사람이 굳어진 박제품이 아니기에 그러할 것이다.

필자는 20여년 넘게 시인입네 시를 쓰고 발표하는 일을 거듭해온 사람임에도 불구하고 시란 무엇이며 시인이란 어떤 사람인가 하는 질문 앞에 당혹감을 갖고 절망감마저 갖는다.

이런 종류의 질문이 여기에 소개하고자 하는 김정임씨와 그녀의 시를 두고 생각해볼 때 더욱 난감해지는 마음을 갖게 된다. 김정임씨는 이미 71년도에 시동인지 『새여울』의 창립 동인으로 참여, 우수한 시작품으로 활동을 전개한 바 있는 여류이다. 그 때 그녀는 상당한 양의 시작품을 동인지를 통해 발표했고 몇 사람의 선배들이 문학지 추천을 적극적으로 제안하기도 한, 촉망 받는 신예시인이었다.

그러나 어떻게 된 일인지 그녀는 중도에서 시작 활동을 포기하고 동인지 활동에서 물러나게 되었다. 아마도 그녀의 결혼생활과 직장생활이 그녀로 하여금 지속적인 시작활동을 어렵게 했고 또 기성시단 내지는 기성시인에 대한 환멸이 그녀로 하여금 시를 멀리 하게 하지 않았나 어렴풋 짐작이 가는 일이긴 하다.

필자의 기억으로 『새여울』 창립 동인 시절, 그녀는 동년배의 동인들보다 월등한 시작품을 발표했고 아주 다부진 시인 의식을 가지고 있었다. 뭔지 확실히 꼬집어 말할 수는 없지만 시와 시인에 대해서도 꼭 이래야만 되겠다는 결의와 자기대로의 안목이 있었다. 시인으로 나간다면 일등시인이 되고 시를 쓴다면 가장 좋은 시를 써야한다는 소명의식까지 지니고 있었다.

　이러한 안목과 의식이 아무래도 그녀에게 강박관념이 되고 짐이 되었던 듯 싶다. 자신에게서도 얻지 못하고 타인에게서도 얻지 못하는 시에의 만족이 그녀로 하여금 시를 떠나게 하였던 듯 싶다.

　그러는 동안 그녀를 뒤따르던 동인들이 하나씩 추천을 받고 시인이 되고 여러권 시집들도 내고 나름대로 자리를 잡게 되었다. 어디 20년이란 세월이 짧은 세월이겠는가? 20대의 귀때기 새파란 젊은이들이 씽글씽글한 주름살과 머릿칼의 40대 중년이 되어버린 세월이요, 나름대로 가능성이 있었다면 그 가능성이 드러났을 것이요 남아있는 가능성이라 할지라도 모스라지고 말았을 세월이다.

　헌데 그러한 20년의 간극間隙을 딛고 그녀가 다시 시인으로 복귀하게 된 것이다. 1946년생이니까 그녀의 나이 올해(1992년)로 기준잡아 만나이 마흔여섯이다. 여자로서도 볼장 다 본 나이요, 쉽게 피었다 지는 시인으로봐서도 환갑 나이이다. 그러나 그녀는 이러한 指摘(볼장 다 본 여자의 나이와 환갑 지난 시인의 나이)을 아랑곳하지 않는다.

　그동안 오래인 휴면기가 있었음에도 그녀의 시는 생동감이 차 있고 어떤 열망에 들끓고 있고 자기 나름대로의 스타일을 견지하고 있음으로서이다. 그러기에 모두冒頭에서 지적한 바대로 이런 그녀와 그녀의 시를 두고서 시인이란 도대체 누구이며 시는 무엇인가 하는 새로운 다시 한번 질문 앞에 다가서게 된다.

　그래 그녀에게 있어 시인이란 누구이며 시란 무잇인가?

　아무래도 그녀에게 있어서 시는 이승에 와서 어쩔 수 없이 남기고 가야만 하는 말, 그 숙명적인 말씀의 집합체가 아닌가 싶고, 시인이란 그러한 일들을 또한 어쩔 수 없이 숙명적으로 수행해가는 사람이라는 느낌이다.

시는 결코 실용품이 아니고 그러기에 현실적으로 필요성을 지닌 그 무엇도 아니다.

그럼에도 시인은 시를 버릴 수 없고 시를 쓰고 시를 간직함에 있어서 필사적으로 대응한다. 이러한 숙명을 두고 사람들은 간혹 이땅의 시인들은 저 세상에서 죄를 지은 사람이요, 시인들이 시를 쓰는 행위를 형벌의 과정으로 풀이하기도 한다. 그러기에 시인들은 가능한대로 시로부터 벗어나 자유롭고 싶어한다.

그럼에도 불구하고 시인은 시로부터 자유스러워질 수 없다. 시인이 시를 부자유케 하는 것이 아니라 시가 시인을 부자유케 하는 것이다. 이런 저간의 논지로 본다면 그동안 김정임씨가 20년 동안 시를 쓰지 않은 것은 20년 동안 생활 쪽으로 도피해 있었다는 말이요, 이번에 다시 시를 쓰게 되었다는 것은 생활 쪽에서 도피행각이 들통났다는 것이요, 다시 시한테 붙잡힌 몸이 되었다는 말이 될 것이다.

그러하다. 한번 시의 나라 블랙리스트에 올려진 사람은 언제까지고 그렇게 도망다닐 수만은 없는 일이요, 도망 다니다가는 다시 시한테 붙잡히기도 하고 더러는 자수하기도 하는 것이다.

그렇다면 이번에 김정임씨의 다시 시에로의 복귀는 자수일까? 붙잡힘일까?

그런 건 아무래도 좋다. 요는 다시 김정임씨가 시를 쓰겠다 하는 사실이 가장 중요한 일인 것이다.

이 시집은 2부로 구성되어 있다. 1부는 최근작인데 미발표작이요, 2부는 구작으로써 이미 『새여울』 동인지에 발표한 작품들이다. 작품을 일별해 볼 대, 1부의 작품에선 그동안 오랜 연륜을 나름대로 성실하게 살아온 사람답게 삶의 애환이 스며있고 체험의 자죽들이 무늬로 얼룩져있다. 헌데도 시 속에 배어있는 간절함이라든지 언어의 빛부신 아름다움이라든지는 구작보다 월등하다. 오히려 삶의 깊이가 시의 깊이를 더해주고 있고 많이는 사라진 것들에 대한 애달픔의 색깔이 더욱 진하게 칠해져 있다.

그만큼 그녀의 천부적으로 시적 재능을 타고난 사람이며 시를 쓰지 않고서는 못배기는 사람이었던 것이다.

이 자리가 일일이 그녀의 시를 분석적으로 살피고 지적할 계제는 아니로되 그녀의 시를 인상적으로 본다면 그녀의 시는 차라리 끊임없이 이어지는 사랑의 편지라 할 수 있을 것이다. 유난히 가슴이 뜨겁고 출렁이는 여자가 보내오는 사랑의 편지. 그것도 20년만에 다시 보내오는 사랑의 편지. 그것이 이번에 내놓은 그녀의 시들인 것이다. 어쩌면 그녀의 저승에서 시를 쓰다가 그것이 죄가 되어 이 세상으로 쫓겨온 아낙인지도 모른다. 그러기에 그녀의 시는 절절하고 아프고 서럽다. 도저히 쓰지 않고서는 그냥 넘어갈 수 없는 삶과 감정의 고개마루에서 절박함 그것으로 쓰여진 시이기에 그러하다.

사람은 누구나 세상에 와서 나름대로 생명체로서 누릴만큼의 여러 가지 부여받은 바 제한된 정량이 있다고 그런다. 평생동안 먹어야 할 음식의 양, 마셔야 할 공기의 양, 맥박의 수, 호흡의 수가 있다 그러한다.

심지어는 감정의 양도 절대평균치는 아니로되 어느정도 최대치가 최소치가 정해져 있다 그런다.

그러기에 누구나 자기가 누릴만큼 누리며 사는 것이요, 자기가 타고난 양을 다 쓰고나면 죽음의 순간에 이르게 된다는 것이다. 육체적으로 오래 살고 짧게 살고도 그실에 있어서는 자기가 타고난 바 음식과 공기를 천천히 조금씩 마시고 먹느냐 빨리 그리고 많이 먹느냐에 달려 있고 타고난 맥백과 호흡을 천천히 운행하느냐 빨리 운행하느냐에 따라 달라진다고 그러한다.

물론 이것은 충분히 소극적인 삶의 태도란 비난을 받을 수 있는 주장이다. 하지만 생각해보면 상당히 의의있는 이론일 수도 있다. 이런 이론과 입장에서 본다면 이번에 김정임씨가 시집을 낸다는 것은 자신이 평생동안 누리기로 되어있는 바, 시인으로서의 몫과 소임을 천천히 뒤늦게 수행했다는 말이 되는 것이다.

그러나 그렇다고 해서 김정임씨의 시가 전혀 흠이 없고 완전하다는 말이 아니다.

김정임씨의 시가 이렇게 장점을 충분히 가지고 있음에도 불구하고 여러 가지 지적할만한 문제점을 많이 가지고 있음도 사실이다.

첫째, 그녀의 시는 지나치리만치 천성적이고 시적이고 곱고 아름답다. 시가 천성적이고 시적이고 곱고 아름다운 것이 어찌 흠이 될 수 있겠는가?

물론 그것은 충분히 좋은 점이긴 해도 시인이 지나치게 자신의 타고난 재능만을 믿고 거기에 의지하게 되면 소성小成에 그치게 되고 자기 도취와 아집에 빠지게 되고 넓은 안목을 가지기 어렵다.

이러한 점을 우선 김정임의 시는 극복되어야 하리라 본다. 지난 20년 동안 김정임씨가 시를 쉬게 된 연유도 이 시인의 타고난 바 천부적 재질이 지나치게 뛰어나기에 그랬지 않았나 싶다.

둘째, 그녀의 시는 시에 있어서 〈무엇을〉과 〈어떻게〉가 있다고 할 때 역시 지나칠만치 〈무엇을〉에만 매달려 있다. 그래서 자기가 발굴한 표현법에 절대적으로 복종하고 있고 시의 표현방법적인 면에 노력과 고구考究가 부족하다. 실상 현대시는 〈무엇을〉에 보다는 〈어떻게〉에 더 관심을 가져야 하는 시이다.

주지하다시피 시의 그릇에 〈무엇〉을 담아야 할 것인가는 이미 오래 전부터 결정된 것이요, 시인들에 의해 답습된 것에 지나지 않는다. 우리가 발견한 새로운 것이란 알고보면 이미 오래전에 써먹은 낡은 보석에 불과한 것이다. 그러므로 현대의 시인들이 관심해야 할 것은 시의 그릇에 〈무엇〉을 담을까 보다는 〈어떻게〉담을 것인가인 것이다. 실상 시라는 패션이요 장식법이요 포장술이다. 이걸 잘 하려면 다른 시인들의 시집을 많이 읽고 시단의 흐름에도 관심을 가져야 한다.

시인의 노력이 여기에 미칠 때 시는 점점 새로워지고 눈부신 광채를 발휘하는 법. 김정임씨는 그동안 게을렀던 이러한 일에도 분발해야 할 일인 것이다.

허나, 난생 처음 첫시집을 갖는 사람의 기쁨과 의의는 자못 크다. 그것은 첫 번째 면사포를 쓰는 신부의 기쁨과 설레임에 비견된다. 어찌 나이 먹은 신부라해서 그것이 첫 번째 쓰는 면사포일진대 나이 먹음으로 해서 20대 신부의 기쁨과 설레임에 뒤떨어지겠는가? 오히려 늦게 쓴 면사포이기에 나이 든 신부의 기쁨과 설레임은 배가 되는 그것이 아니겠는가? 역시 첫시집을 내는 사람의 기쁨은 첫시집을 내는 사람만의 것. 진실로 그 기쁨에 꽃다발을 달아드리는 동시에 앞으로의 노력과 정진에 대해서도 20여년전『새여울』동인의 한 사람으로서 부탁드리는 바이다.

김정임씨! 다시는 생활의 나라로 서둘러 도망치지 말고 진득하게 타고난 바 시의 밭을 열심히 갈아 빛나는 시의 업적을 남기시기 바랍니다. 실로 우리가 버리고 온 세월도 짧지는 않지만 남은 세월 또한 결코 짧은 세월은 아닙니다. 지나고보면 누구에게나 세월은 아쉬움과 후회를 남기게 하는 법. 부디 우리 덜 아쉬워하고 덜 후회하는 삶을 누리도록 합시다. 비록 우리에게는 많은 양의 재능과 마음의 불꽃이 남아 있지 않습니다. 그걸 우리는 충분히 모르는 바 아닙니다. 하지만서두 아직 우리에게 남아있는 기름과 정렬을 아끼면서 아직은 남아있는 우리들이 소임을 완성하도록 합니다.

그리하여 보다 뒷날에 나름대로 최선을 다했노라는 느낌을 남기도록 합시다.

<평설>

물로 다스린 뜨거운 생生

-『김정임 시집』에 대하여

양애경(시인, 전 한국영상대학교 교수)

물로 다스린 뜨거운 생生

- 『김정임 시집』에 대하여

양애경[1]

    필자가 82년 중앙일보 신춘문예에 시가 당선되어 데뷔했을 때, 문단에 대해 아는 게 없던 필자를 대전과 충남을 중심으로 활동하는 대표적인 시 동인 중 하나인 《새여울》 선배님들이 포근하게 받아주셨다. 그때 활동을 함께 하지는 않았으나, 새여울 창립멤버인 여자선배님이 있었다고 전설처럼 들은 이름이 바로 김정임 시인이었다. 몇 해 동안 새여울 활동을 함께 하다가 필자는 맡은 일들이 많아지면서 새여울을 떠났지만, 새여울은 이름 그대로 연어가 알에서 깨어난 여울처럼 늘 정겹고 관심이 가는 곳이었다. 2023년에 새여울 복간호가 다시 나오고, 출판기념으로 함께 한 자리에서 처음 김정임 시인과 마주했다. 처음 뵙지만 오래 기다려온 듯한 신기하고 반가운 만남이었다. 게다가 이제 김정임 시인이 오래 기다려 묶으시는 시집의 해설을 맡게 되었으니 인연이 깊다.

---

1) 시인, 전 한국영상대학교 교수

김정임 시인(1946~)은 홍성에서 태어나 어린시절을 보내고 공주교육
대학을 졸업하며 교직 생활을 시작하였다. 1971년《새여울》동인으로
본격적인 작품활동을 시작했고, 작품이 탁월하다는 평을 받는다. 그
런데 오래지 않아 공주 명문가의 자제와 결혼하고, 연이어 세 아이의
엄마가 되면서 문단활동과는 멀어지게 된다. 그래도 시쓰기는 멈추지
않아서, 20여 년 써 온 작품을 모아 1993년 첫 시집『아직은 햇살이 따
스한 가을날』2)을 출간한다. 몇 년 후엔 교직을 접고 온 가족이 서울로
상경하여 자녀 교육에 전념하게 된다. 그러면서도 서울에서《은띠》동
인회를 결성하여 작품활동을 계속한다. 어쩌면 지나온 시대에 여자로
서 성공적인 삶을 산다는 것이 시인으로서는 어려운 여건이 되지 않았
나 하는 느낌이 드는 이력이다.

두 번째 시집이 되는 이번 시집을 내면서, 시인과 시인을 아끼는 분
들 사이에 어떤 형식으로 책을 내야 하는지에 대한 고민이 많았던 듯
하다. 시집 한 권으로 묶기에는 작품 분량이 넘치고, 또 30년 전에 낸
첫 번째 시집이 절판되어 묻히는 것도 아깝다. 그래서 여태까지의 작
품을 전집 삼아 묶기로 기획이 되었다고 한다. 조금 특별한 방식이지
만 좋은 아이디어라는 생각도 든다.

550페이지에 달하는 작품을 읽으면서 호기심과 모험심이 많은 발랄
한 소녀에서 재능 넘치는 선생님으로, 그리고 단아한 아내와 며느리
로, 세 딸의 지혜로운 어머니로 살아온 김정임 시인의 생 전체를 엿본
느낌이었다. 비단처럼 곱고 시냇물처럼 긴 이야기였다. 이 글에서는
김정임 시인의 시들을 몇 개의 주제로 나누어 읽어가고자 한다. 시
인이 12개의 부로 나누어 배열한 시들은 어릴 적의 추억 이야기부터
시작되는데, 이 글도 그 시점부터 시작하려 한다.

---

2) 김정임,『아직은 햇살이 따스한 가을날』, 대교출판사, 1993

1. 불의 상상력 - 다정한 마음, 뜨거운 피를 가진 소녀

　김정임 시인의 시를 1993년에 출간한 첫 시집을 중심으로 살펴보았을 때, '물의 상상력'에 기반을 두고 있다는 느낌을 강하게 받았다. 뒤에 다시 자세히 언급하려 하지만, 부드럽고 순하게 다스리며 생명의 발원이 되는 물의 상상력이 김정임의 시의 중심적 상징이라고 판단될 만한 대표시가 많았다.

　하지만 그 후에 쓰여진 많은 양의 작품이 보태어진 원고를 읽으면서, 보다 다양한 시인의 모습과 생각을 알게 되었다. 그 대표적인 것이 소녀시절의 김정임 시인을 형상화한 작품들에 나타난 '불의 상상력'이다. 당돌하고 호기심 많고 뜨거운 가슴을 가진 시인의 모습이 작품에 많이 반영되어 있었다. 어린 시절의 김정임 시인의 모습이 비교적 최근에 쓴 작품 속에 더 많이 들어있기 때문에 늦게 발견된 것 같다. 그래서 이 장에서는 김정임 시인의 '불의 상상력'이라고 부를 만한 경향에서부터 이야기해 보고자 한다.

　김정임 시인은 시 <풍경>에서 묻는다. 자신이 돌아가고 싶은 것이 그날들인지, 아니면 그 사람들 곁인지. 그리곤 대답한다. 그때 거기 있던 네 곁에 돌아가고 싶고, 그러고 보면 풍경이 곧 사람이라고. 시인은 자신이 절실하게 돌아가고 싶은 장소를 '잔두리'라고 부른다. 잔두리[3]는 그녀에게 생명을 준 고장이다.

> 잔두리에 살 때는
> 내 뼈는 나무
> 내 살은 흙
> 피는 샘물이었는데

---

[3] 문경시 산양면에 있는 조용하고 아름다운 마을로서 시인과 교유하는 블로그 이웃 '하루 마음'이 살고 있는 곳이다.

입춘바람에 머리카락 날리고
소서가 넘으면
새각시도 모를 심었는데
                    - 시 〈잔두리〉 중에서

　나무와 흙과 샘물이 그대로 시인의 뼈와 살과 피가 되었던 고장, 바
람이 많이 불고 자연과 사람이 서로 생명을 나누던 곳이다. 시인은 서
울 아파트의 답답한 콘크리트의 숲에서 잔두리를 부른다. 잔두리에 가
야만 숨을 쉴 수 있을 것 같다.
　김정임 시인의 시에는 장소에 대한 애착이 드러난 작품이 많다. 그
리운 그곳에는 그리운 사람들이 살고 있었다. 시 〈골목길〉에서 시인
은 '측백나무 울타리가 줄지어 있던' 골목길을 회상한다.

고만고만한 집
사연 있는 집들이 붙어있는
좁은 길이 좋았다

아들이 징용에 끌려가 아직도
돌아오지 않는다는 자전거포집

악극단원들이 툇마루에 나와서
짙은 화장을 하던 여관집

남편이 첩을 얻어
서울서 술집을 차렸다는 딸부잣집
                    - 시 〈골목길〉 중에서

　시인이 소녀시절 즐겨 다니던 골목길이다. 소녀는 이웃사람들의 사
연에 관심이 많다. 호기심이 많고 관찰력이 뛰어난 것은 예술가적인

천성이다. 골목에는 많은 이야기거리가 숨겨져 있다. 오래전 일제 강점기에 아들이 징용에 끌려가 아직도 돌아오지 않았다는 자전거포는 여전히 돌아올 사람을 기다리고 있는 것 같고, 악극단원들이 진한 화장을 하고 있는 여관집 툇마루는 색다른 모험과 신비로운 먼 나라의 냄새를 풍기며, 다른 여자와 살림을 차려서 서울로 간 남편을 기다리며 사는 여인과 그 딸들이 사는 집은 어쩐지 허전해 보인다.

소녀는 이웃의 슬픔을 유난히 잘 보는 눈을 가졌다. 시 〈그 애〉에서는 '눈이 사시斜視였고 뭐든지 이기려고 기를 쓰던 아이'의 죽음을 노래한다. 어린 나이에 장애가 있고 비뚤어진 성벽을 보이는 이웃아이를 진심으로 동정하기는 쉬운 일이 아닌데, 소녀는 '얼마나 힘들었을까' 하고 안타까워하면서, "저세상에선 / 눈 동그란 아이로 태어나"라고 위로의 말을 속삭인다. 시 〈은방울꽃〉에선 교회에 붙은 작은 방에 살던 종지기 모자를 회상한다. 왼발을 절던 피난민 오빠와 바느질 품 팔던 어머니가 마치 허술한 까치집에 깃든 두 마리 까치처럼 의지하며 살던 모습. 소녀는 '땅을 바라보고 고개 숙인 은방울꽃'을 보면 그 두 사람이 떠오른다.

〈이팝나무꽃〉은 아마도 비슷한 또래였을 거지 소녀에 대한 추억이다.

전쟁통에 유난히 희던
이팝나무꽃

비오는 날이면 생각난다

동냥 얻어오다가 다 엎질러놓고
빗길에 넘어져 울던 애
- 〈이팝나무꽃〉 전문

전쟁통이라면 6.25 즈음이었을까. '이팝'나무는 하얀 쌀밥을 생각나
게 하는 꽃 때문에 붙여진 이름이다. 이팝나무꽃이 전쟁통에 유난히
희게 보인 것은 굶주림 때문이 아니었을까. 요즘 아이들이라면 쌀밥보
다 아이스크림을 먼저 떠올릴 수도 있겠지만, 배고픈 사람에게는 하얀
꽃이 하얀 쌀밥처럼 보일 것이다. 시인은 비 오는 날이면 그 광경을 떠
올린다. 바가지에 동냥 얻어 돌아오다가 빗길에 미끄러져 넘어져서,
벗겨진 무릎의 아픔보다 엎질러진 밥알 때문에 더 서럽게 울던 아이의
모습. 아마도 그 아이는 행운을 기뻐하던 뒤였기 때문에 더 서러웠을
것이고, 누군가에게는 사소한 것이 다른 누군가에게는 그렇게 큰 비극
이 될 수 있다는 충격을 소녀는 느꼈을 것이다.

소녀시절에 슬픈 추억만 있었던 것은 아니다. 시 〈의사총〉은 당돌
한 소녀들의 단합된 모습을 보여준다. 친구에 대한 의리와 나름의 의협
심으로 뭉친 그 모습은, 요즘 말로 하면 걸크러시Girl Crush라고나 할까.

> 천지가 하얗던 날
> 다섯 기집애들이 모여
> 서울 여고생을 종주먹댔다
>
> 니가 뭔데
> 우리 친구 애인을 만나는거
> 소문 다 났어
>
> 허리 잘록한 싸지 코트를 입고
> 가죽장갑을 낀 그 애는
> 이제 끝이예요
> 돌아서며 말했다
>
> 의사총 소나무들이 보고 있었다
> 솔가지에 쌓인 눈이 흔들렸다
>
> — 〈의사총〉 전문

앞선 시들보다는 많이 자란 소녀가 등장한다. 시인의 고향인 홍성에 있는 홍주의사총이 무대이다. 다섯 명의 여고생들이 친구의 애인을 유혹하려 했다는 혐의를 받는 서울 여고생 한 명을 불러내어 둘러싸고 있다. 서울 여고생은 홍성 여고생과 옷차림부터 다르다. '허리 잘록한 능직의 트렌치코트를 입고 가죽장갑을 끼고' 있는 멋쟁이다. 조금 주눅이 들지만 이쪽은 숫자적으로 우세한데다 윤리적으로도 우위에 있으니 밀릴 수 없다. '니가 뭔데 임자 있는 남자를 만나고 다니냐고, 그 남자는 우리 친구 애인'이라고 따지고 을러댄다. 부산을 무대로 한 영화「친구」속 한 장면이 겹쳐진다.

그렇지만 서울 여고생도 할 말이 없지는 않을 것 같다. 시 속에 나오지는 않았지만 그녀가 하고 싶은 말은 다음과 같은 것이 아니었을까. 내가 먼저 유혹한 게 아니라 남자가 먼저 들이댄 거다. 애인 있다고 솔직하게 말했으면 내가 그 남자를 만났을까? 그러니까 나는 속은 것뿐이고 큰 미련도 없다. 서울 여고생은 자존심을 세우며, '이제 끝이에요'라고 새침하게 말하고 돌아선다. 생생한 상황묘사가 너무 재미있다. 마지막 연에서 의사총 소나무숲 솔가지에 쌓인 눈이 여고생들의 팽팽한 기싸움에 흔들리는 모습까지 상상 속에서 생생하게 살아난다.

김정임 시인의 젊은 시절 사진을 들여다보면 아담한 몸매에 참하고 단아한 분위기를 가진 소녀가 보인다. 그렇지만 몇 편의 시 속에서 이 시인의 차분한 겉모습 속에 숨은 뜨거운 속내를 들여다볼 수 있다.

우리 모두는
나무 한 짐 씩을 지고 걸었다

조용히 걷는 사람들 사이
계속 추썩거리는 한 사람이 있었다

그냥 지고 가기엔 너무 무거워
가슴이 화륵거려

추썩거리다못해 길 한복판에
장작을 부려놓았다

잉걸불이 활활 타올랐다
불씨가 날아올랐다

- 시 〈잉걸불〉 전문

　이 시 속의 배경이 되는 시간과 장소는 나오지 않는다. 많은 사람들이 나무 한 짐씩을 지고 걷고 있다. 아마도 밤인 듯하다. 묵묵히 자신의 무거운 짐을 감내하며 걸어가는 사람들 사이에, 자꾸만 흘러내리는 짐을 추썩거리는 사람이 하나 있다. 시인의 꿈속 풍경이나 비몽사몽간에 본 환상일까. 그렇다면 그 추썩거리는 사람은 바로 시인 자신인 것 같다. 무거운 짐은 자꾸 등에서 흘러내리고 가슴 속은 불타오른다. 견딜 수 없어진 그녀는 길 한복판에 지고 가던 장작을 풀어내리고 만다. 그리고 그 장작짐에 옮겨붙은 잉걸불이 활활 타오른다. 마음 속 불이 활활 타오르는 이 풍경은 시인의 내면을 상징한다. 사람은 모두 자신이 짊어지고 가야 할 인생의 무게를 감당한다. 당나귀의 등에 싣는 짐보따리처럼, 버티면 점점 더 많은 짐이 작은 몸집 위에 실린다. 견딜만큼의 짐을 지고 걷는 것, 때로는 그것을 벗어던지고 싶은 충동에 사로잡히지만 그럴 수 없는 것, 그것이 삶인 것 같다.
　이 계열의 작품으로 〈사물놀이〉와 〈화냥년 우리 이모님〉이 있다. 〈사물놀이〉는 사회가 여인들에게 요구하는 정숙하고 희생적인 삶의 모습이 사실은 여인들의 천성에 맞지 않는 굴레임을 말하고 있다.

허리 잘록한 그 여편네
잡으면 끌려오고
안으면 엉겨들던
당 다당 당 다당 다당 다당 당 당
눈은 슬프고 가슴은 뜨겁던

그 여편네 품고 돌아가는 떠돌이 사내

나는 미쳐도는 아낙
대보름날 저녁 동네에 들어왔던
남사당 그 사내를 못 잊어
깨갱 깽 깨갱 깽 깽 깽 깨갱 깨갱
밤마다 산야들야 헤매어
춤추는 김초시네 막내 며느리

열 살에 인생을 알았더면
환쟁이가 되었을
스무살에 인생을 알았더면
풍각쟁이가 되었을
이참판댁 안방마님
임종 시에도 꼿꼿하던
만장이 펄럭이던 날
구름장이 부르짖던
징 — ·
그 한번의 통곡소리

                    - 〈사물놀이〉 중에서

　음악에는 사람을 뒤흔드는 힘이 있다. 특히 사물놀이처럼 여러 사람
이 격렬하게 움직이며 반복하여 내는 리듬은 사람을 홀리고 그 안에
함께 몰입하게 한다. 하물며 '흥이 많은 민족'으로 불리우는 우리나라
사람들이 아닌가. 여자라고 다르지 않다. 아니, 평소에 눌러놓은 흥이
많을수록 더 위험하다. 양반의 아낙, 정숙하고 품위 있기로 유명한 마
님도 마찬가지다.
　이 작품에는 평소에 여백이 많고 말을 아끼는 편인 김정임 시의 예
외라고 할 만큼 길고 상세한 서술과 묘사가 들어 있다. 이 주제에 대해
그만큼 시인이 할 말이 많다는 뜻이다. 유교사회 속에서 지켜야 할 규

범과 해내야 할 의무가 많은 여인일수록 마음 속에는 위험한 불이 타고 있다고 시인은 말하고 싶은 것 같다.

〈화냥년 우리 이모님〉은 제목부터 독자를 긴장하게 한다. '화냥년'이란 바람 난 여자, 그것도 상습적으로 행실이 나쁜 여자를 욕하는 가장 치욕스러운 호칭이 아니던가.

> 여름내 길쌈해서 모본단 혼수 끊어 등잔불 돋워가며 봉황새
> 수놓던 이모님 박가분 칠하고 연지 찍고 시집가서 겉보리 찧
> 어 새벽밥 하는 새댁이 되고 싶던 막내 이모님
>
> 콩대 걷어내던 가을 들판에서 트럭에 실려가 사지 더러운
> 개돼지로 떠돌다가 보고지고 돌아온 고향 다락방에서 거적에
> 말린 채 여우고개에 묻혔어
>
> 징용 갔다 재티되어 돌아온 절굴 총각과 짚각시 짚신랑 되
> 어 첫날밤을 지낸 후 다홍치마 활활 이승을 떠나는 새벽
>
> 외할머니 울음소리는 안마당에 꺼지고 박수무당 요령소리
> 는 화냥년 우리 이모님 혼불 따라 하늘 높이 활활 타올랐다
>   - 〈화냥년 우리 이모님〉 중에서

'이모님'은 그저 소박한 소망을 가진 처녀였을 뿐이다. 행복한 결혼을 꿈꾸며 가사 일을 배우고, 혼수에 봉황 수를 놓았다. 그런데 어쩌다 '화냥년'이 되어버린 것일까? 처녀는 밭일하다가 갑자기 트럭에 실려가서 능욕을 당하며 떠돌게 된다. 고생 끝에 고향에 돌아왔으나 이미 '화냥년'이 되어버린 그녀에게는 미래가 없다. 처녀는 죽고 거적에 말려 여우고개에 묻힌다.

이 비참한 사연의 힌트는 3연에서 찾을 수 있었다. 징용 갔다 목숨을 잃은 '절굴 총각'과의 영혼결혼식 장면에서다. 이모님은 일제 강점

기 시절 위안부로 끌려갔던 처녀들 중 하나가 아니었을까. 일본은 아직도 위안부들이 자의로 돈을 받고 전쟁터로 간 직업여성들이라고 주장[4]하지만, 그 시대를 산 사람들은 모두 보고 들었다. 천황을 위해 일하는 고귀한 봉사라고 속이며 미성년을 포함한 식민지 처녀들을 차출해서 성노예로 데려갔던 사실을. 그래서 끌려가지 않으려고 장애가 있어 징병되지 않는 마을청년들과 결혼한 처녀들도 많았다 한다. 원래 '화냥년'은 고향으로 돌아왔다는 뜻의 '환향還鄕'에서 나온 말, 중국의 속국이었던 시절 공물로 끌려갔다가 돌아온 여자들을 일컫는 말에서 나왔다고 한다. 나라에 힘이 없어 여자들을 희생물로 바치고는, 몸을 망쳤다고 멸시했던 이 이중적인 가해의 부당함에 대해 시인은 말하고 싶었던 것이다.

그런데 시인이 가진, 사람의 속사정을 꿰뚫어보는 다정한 시선과 뜨거운 피는 아마도 아버지에게서 물려받은 것 같다. 시인의 회상에 따르면 시인의 아버지는 우리나라 현대사 속에서 여러 험난한 곡절을 거쳐 온 분으로, 열정과 노력으로 성공한 듯하다.

> 아버지는
> 한겨울에도 땀을 흘리시며
> 시뻘겋게 단 쇠를 녹여 강철판 위에 놓고
> 더 강한 망치로 따앙따앙 때려서 호미를 만드셨다
>
> 아무리 세상이 좋아져서
> 쇳물을 형틀에 부어
> 쉽게 찍어내는 호미가 싸고 좋다고 해도

---

4) 일본 내에서는 화류계에서 일하는 여자들이 군 위안부로 자발적으로 나가기도 했던 모양이다. 그러나 만주, 한국 등 식민지에서는 일본에 일하러 보낸다고 속이고 한 마을 당 몇 명씩 할당량을 정하여 미혼여성을 강제로 데려갔다.

아홉 번 담금질하고
아흔아홉 번 망치질한 호미만 못하지
사람의 팔뚝에서 나오는 힘과
이마에 흐르는 땀을 먹는 호미가 최고라고 하시며
하루종일 만들어도 열 개를 못 채우지만
허리가 굽어서까지 호미를 만드셨다

- 〈아버지〉 중에서

시인의 아버지는 만주 하얼빈에서 철공장을, 홍성에서는 정비공장
을 하셨다. 아버지가 시뻘겋게 달아오른 쇠를 강철판 위에 올려놓고
아홉 번 담금질하고 아흔아홉 번 망치질하여 만든 호미는 명품이다.
겉모습은 대량생산해 낸 호미와 큰 차이가 없지만, 농사일에 직접 써
보면 비교할 수 없는 품질의 차이를 알 수 있다. 쇠를 때리는 아버지의
망치소리는 '세상엔 그래도 변하지 않는 것들이 꼭 있는 법'이라는 아
버지의 정직한 믿음을 웅변으로 말한다.

그러나 시인도 아버지를 처음부터 전적으로 이해했던 것은 아닌 것
같다. 딸들은 자라면서 어머니의 입장에서 아버지를 바라보게 되는 일
이 많다. 딸에게 자애로운 아버지도 아내에게는 야속하거나 부당한 일
을 종종 저지르곤 하는데, 그러면 딸은 어머니편에 서서 아버지에 대
한 애정을 접게 되기도 한다. 그러다가 아버지가 늙고 쇠약해지면 비
로소 아버지도 약한 한 사람의 인간인 것을 깨닫게 된다.

시 〈치매〉에 나오는 아버지가 시인의 친정아버지인지는 작품만
가지고는 알 수 없으나, 담담한 내용 안에 숨겨진 감정은 전해져 온다.

쫄깃한 칠갑산 국수 삶아
간월도 바지락 얹어
상추 몇 잎
고추장 한 순가락 섞어서
비빔국수 만들어놓고

아버지 국수 드세요
앞을 보니
젖은 앞치마에 손 닦는
이녁은 누구신가요

누굴 많이 닮은 거 같은데

- 〈치매〉 전문

아버지를 위해 정성껏 국수를 삶고, 치아가 부실한 아버지가 드시기 좋게 부드러운 바지락을 꾸미로 얹어 매콤새콤한 비빔국수를 만들어 드리니, 아버지는 '이녁은 누구신가요'라고 묻는다. 자신의 돌아가신 어머니(시인의 할머니)의 젊은 시절을 떠올린 것일까 아니면 젊었던 아내의 모습을 떠올린 것일까. 누굴 많이 닮은 것 같다고, 낯익다고 하신다. 여기가 어딘지, 지금은 언제인지, 자신은 누구고 상대는 누구인지, 모든 게 흔들리는 게 치매의 장난이다. 놀란 가슴이 무너졌을 텐데 시인은 작품 안에서 말을 아꼈다. 그래서 행간을 읽는 독자의 마음도 철렁해진다.

작가 연보에 의하면 시인의 아버지는 시인의 나이 40이 가까운 즈음에 돌아가신 듯하다. 〈아버지〉 연작 1, 2, 3과 〈섣달 그믐〉 등의 작품들에서 김정임 시인의 아버지를 잃은 슬픔과 그리움을 읽어낼 수 있다.

엉겅퀴를 뽑아내며
당신의 공장을 부서버립니다

씀바귀를 뽑아내며
당신의 통장을 불사릅니다

쑥줄기를 뽑아내며
당신의 두고온 집을 불태웁니다

- 〈아버지 3〉

그렇게 열정적으로 살아오셨던 아버지는 이제 저세상으로 소풍 가시고, 딸의 눈앞에 남은 것은 잔디를 입힌 아버지의 묘소뿐이다. 딸은 묘지의 잡초를 뽑아내며 아버지가 쌓아올린 것들이 다 무너졌음을 사무치게 느낀다. 아버지는 가셨지만, 남은 자식들은 또 살아야 하니 욕망과 갈등이 남는다. 아버지께서 저세상에서도 편안하지 않으실까 봐 마음이 조여드는 이유다.

아버지를 영영 잃고서야 비로소 아버지에 대한 딸의 애정은 제자리를 찾는다. 시 〈아버지 1〉에서 아버지가 돌아가시자 '밤이면 한쪽 팔이 시리고 비가 오는 날이면 몸이 떨린다'는 딸의 고백이 절절했는데, 〈아버지 3〉에서는 더 구체적으로 아버지를 회고한다.

> 이제사
> 철공장 망치소리가
> 땅땅 따당하고
> 귀에 선연히 들립니다
>
> 이제사
> 얕은 함석지붕에
> 허름한 다다미방
> 연변 거리가
> 호떡집 오뎅집
> 배고픈 조선족 모습이
> 보이기 시작합니다
>
> 이제사
> 의용군으로 끌려나가
> 도망다니고
> 부역했다고 잡혀가
> 뼈가 부서지게 두들겨 맞던
> 당신의 생生이

가슴 밑바닥에 와
닿습니다

당신도 그러셨나요
아버지가 가시고 난 후부터
피죽 먹고
전장에 끌려가고
서럽게
서럽게
살고 죽어간
아버지가 생각나셨나요.
- 〈아버지 2〉 전문

  행을 시작하는 자리마다 '이제사'라는 말이 붙는 이유는 딸이 아버지
에 대한 진정한 애정을 확인하게 된 시점이 아버지를 잃고 나서이기
때문일 것이다. 아버지가 내리치던 쇠망치 소리, 아버지가 거쳐 오셨
던 만주, 연변 같은 멀고 척박한 땅들, 아버지가 당한 현대사의 비극
들…. 살아남기 위해 아버지가 해야 했던 일들과 가족을 위해 해왔던
일들, 그리고 아버지의 아버지까지 거슬러 올라가는 핏줄의 인연을 시
인은 생각한다. 이러한 과정을 통해 시인은 어려운 세월을 살아낸 아
버지의 열정과 강직함, 그리고 생활력을 물려받는다.
  이처럼 김정임 시인이 소녀시절에 강하게 이끌린 불의 이미지들은,
뜨거운 속내를 가진 여인들과 공유한 것이면서, 한편으로는 불을 다루
시던 아버지의 영향이기도 한 것을 알 수 있다.

2. 물의 상상력 - 물로 다스린 여인의 삶

  김정임 시인은 고향 홍성에서 고교 때까지 살다가 공주교대에 입학

하면서 공주로 오게 된다. 이 무렵부터 시인의 시 속에 물의 이미지가
중심 상징으로 떠오르게 된다.

> 하늘에서 흘러내리는
> 맑은 개울물
> 그 물가에서
> 고기 잡고
> 농사 짓고
> 길쌈하며
> 살던 사람들
>
> 그 물로
> 쌀도 씻고
> 발도 씻으며
> 살아온 사람들
>
> 하늘 물 마시며
> 하늘 물가에서
> 평생 살다
> 죽어간
> 사람들.
>
> - 〈천변〉 전문

　지명은 작품 속에 나오지 않지만, 여기는 금강으로 둘러싸인 고장,
공주라는 느낌이 온다. 시인이 다닌 공주교대는 제민천 옆이고, 이 맑
고 깨끗한 시내는 공주산성 곁을 지나서 금강과 만난다. 제민천만큼
거주지와 붙어있는 개천은 흔치 않다. 사람들이 생활하는 바로 옆에서
정답게 졸졸 흐른다. 이 시내가 하늘에서 흘러내렸으며, 그 곁에 사는
사람들은 '하늘 물을 마시며 하늘 물가에서 평생 살다 죽어간'다는 표
현은 공주라는 장소를 참 아름답게 느끼게 한다.

물은 생명의 근원이다. 하늘의 물을 받아먹고 사는 부모의 피를 받아 자식이 태어나고, 아이에게 젖과 미음을 먹이고 밥을 지어 먹여 기른다. 불이 인간에게 에너지를 준다면 물은 생명을 준다. 시 <열일곱 3>에서 "조금씩 고이는 맑은 수액을 퍼내어 / 홀짝홀짝 마시며 / 내 혈액은 당신으로 가득찹니다"라는 구절에서 부모와 자식, 물을 통해 전해지는 생명의 흐름을 느낄 수 있는 것처럼.

사실, 공주와 김정임 시인의 인연은 시인이 처음 예상하던 것보다 깊었는데, 그것은 공주의 명문가 자제와 결혼하여 공주에서 살게 되었기 때문이다. 이 시기의 시인에 대해서는 시인의 막내딸 임수진 작가[5]의 에세이집 『안녕, 나의 한옥집』[6]과 『오토바이 타는 여자』[7]를 통해 자세히 들을 수 있다. 시인은 1972년 홍남초등학교 교사로 재직 중에 결혼하여, 공주 도립병원 뒤에 있는 커다란 한옥집에서 전통을 엄격하게 지키는 시부모님과 시가 가족을 모시고 결혼생활을 하게 된다. 이제 막 시쓰기에 물이 오르고, 성공한 시인이 될 것이라는 기대[8]도 받았지만, 삶의 과정에서 우선순위가 바뀔 수밖에 없는 상황이었다.

임수진의 책 『오토바이 타는 여자』에는 '이것은 엄마라는 책에 대한 이야기다'라는 부제가 달려 있다. 주인공인 '오토바이 타는 여자'는 바로 작가의 어머니인 김정임 시인으로, 이 책은 엄마가 쓴 시를 인용하고 딸이 산문을 붙이는 형태로 쓰여졌다. 고풍 그대로의 한옥집에서

---

5) 김정임 시인의 세 딸 중 막내로서 국어교사로 재직하다가 미국 존스홉킨스 대학에 재직 중인 남편을 따라 미국에서 살고 있다. 국내에서 저서를 내며 활발하게 작가 활동을 하고 있다.

6) 임수진, 『안녕, 나의 한옥집』, 아멜리에북스, 2021
시댁살이하는 엄마를 따라 태어나고 자란 공주의 한옥집에서의 어린시절 이야기를 쓴 에세이집으로, 공주의 골목길에 대한 아기자기한 삽화가 보는 재미를 주는 책이다.

7) 임수진, 『오토바이 타는 여자』, 달아실출판사, 2022
엄마 김정임 시인의 시에 딸이 에세이를 붙인 책으로서, 장성한 딸의 엄마에 대한 사랑과 감사가 인상적이다.

8) 새여울 동인들의 술회, 나태주 선생의 해설 등에서 참조.

시댁살이를 하면서, 아이를 낳아 기르고 교사로 출퇴근하는 1인3역을 하느라 너무 바빴던 시인이 오토바이로 출퇴근을 했고, 그 시절 공주에서 오토바이 타고 달리는 여교사가 얼마나 혁명적으로 보였는지 유명인사가 되었다는 후일담이 들어 있다.

여자에게 결혼은 어떤 것인가. 이질적인 집안에 들어가서 피를 섞고, 생명을 이어가는 역할이 아닐까. 시 <두부 Ⅱ>를 통해 당시의 분위기를 짐작해 볼 수 있을 듯하다.

> 며느리 심성이
> 부드럽기를 바래
> 함 속에
> 메주콩을 넣어 보냈단다
>
> 그 딱딱한 콩
> 한 줌이
> 열배의 부드럽고 고소한
> 두부가 되길 바라며
>
> - <두부 Ⅱ> 전문

시댁이 며느리로 들어올 처녀에게 보내는 예물에 메주콩을 넣어 보내는 이유다. 딱딱한 콩을 물에 불리고 삶고 갈아서 열 배의 양을 가진 부드럽고 고소한 두부가 되기를 바라는 마음에서란다. 며느리를 맞이하는 시댁 입장에서는 당연한 바램이겠다는 생각이 들면서도, 왠지 좀 거북해지는 건 필자도 여자이기 때문이다. 콩이 두부가 되려면 얼마나 많은 인내와 노고가 필요할 것인가. 사윗감에게 두부가 되라고 요구할 처가가 있겠는가. 만약 있다 해도 그건 불합리한 요구라고 여겨질 것이다. 콩이 두부가 되려면 여러 공정에서 아주 많은 물이 필요한데, 그 물기는 여자의 땀이며 눈물이며 피일 것이다.

퉁퉁 부은 젖가슴을 싸매고
수업을 한다

이제 퇴근 시간이네
생각하니
아기 얼굴이 보이고
가슴이 찌르르 돌며 아프다

손등에
뚝. 뚝.
이상하다 어디 비가 오나

어머
가슴에서 떨어지는 젖방울
- 〈젖몸살〉 중에서

　김정임 시인은 결혼한 지 얼마 안되어 아기를 가지고 이어서 세 딸을 낳아 기른다. 그러면서도 교직을 놓지 않는다. 회고에 따르면 시인은 유난히 젖이 잘 나는 체질이어서 고생이 더 많았다고 한다. 젖먹이를 집에 두고 일하러 나가는 일은 쉽지 않다. 젖이 핑그르르 도는 것은 아이에게 젖을 먹일 때가 되었다는 자연의 신호이다. 젖이 흘러넘쳐 옷섶이 젖고 뚝뚝 떨어져내릴 때까지 아이에게 가지 못하는 엄마의 죄책감과 안타까움을 감히 상상해 본다. 그때의 젖몸살이 수십 년을 지난 후까지도 기억 속에 흉터처럼 남아서, 찌릿한 통증을 느끼게 할 때가 있다고 시인은 적는다. 젖은 어머니에게서 아기에게로 전해지는 생명의 물이라는 점에서 역시 물의 상징이다.
　물의 이미지가 상징적으로 표현된 작품들 중에서 〈차茶〉와 〈술 1〉이 특히 인상에 남는다. 국물을 즐기는 한국사람들에게 차와 술은 특별한 의미가 있다. 〈차〉는 깨끗한 물로 우려낸 생강차, 식혜, 녹차를 제재로 하여, 여자들의 사연 많은 삶을 긴 시로 형상화한 작품이다. 그리고 〈술 1〉은 짧지만 시의 여백에 많은 이야기가 숨겨져 있을 듯한 작품이다.

위에 하늘 있고
너와 나 사이 바람 불고
내 앞에 잔 하나 있어

아직은
수액이
반 너머 찰랑이고 있으니

우리 울어도 좋은 때.

- 〈술 1〉

이 시 속의 화자인 시인은 가슴 속에 억울함과 서러움을 담고 있는 듯하다. 장소는 어딘가 툭 터진 공간인 것 같다. 숲속 정자일 수도 있고 한옥집 마루일 수도 있을 것이다. 푸른 하늘이 보이고 마주앉은 너와 나 사이로 바람이 분다. 대화는 잘 이어지지 않는다. 말이 그다지 큰 역할을 하지 못하는 순간 같다. 내 앞에 잔이 하나 놓여있다. 아마 네 앞에도 잔이 놓여 있으리라. 잔에는 아직 반 이상 남아서 찰랑이는 술이 있다. 아마 그 술은 상대에 대한 남은 애정이리라. 그러니 함께 울 수도 있으리라고 시인은 생각한다. 이 시는 마치 붓으로 윤곽만 그린 동양화처럼 여백이 많다. 그래서 오히려 더 독자에게 많은 생각을 하게 한다. 여백이 많으면 상상력으로 채워넣을 공간도 많아지기 때문이다.

〈가을날 1〉은 김정임 시인의 마음을 솔직하게 보여주는 작품이다. 소박하지만 진심이 어린 말투로 조근조근 독백하듯이 썼다.

가을 낮엔
아침부터 저녁 나절까지
왼종일
빨래를 하고 싶다
반듯하고 하얀 빨랫돌을 골라
맑은 물에
걷어올린 발 담그고 앉아
열 아홉 살의 속옷과
스물 아홉의 고운 색옷과
서른 아홉의 온갖 허물을
비비고 헹구고
방망이질하고 헹구고
해가 다가도록 빨래를 하고 싶다
이윽고 어스름 일어서면
팔도 아프고
손은 부르트고
허리는 잘 펴지지도 않겠지만
내 영혼은
하늘 어디쯤 닿아 있을까
따스한 조약돌밭 걸어오다가
그 자리에 넘어져도
아, 아직은
젖은 빨래 한 소쿠리 안고
나는 그뿐이지만
흰고무신 한 켤레
어둠에 그뿐이지만
가을날엔
몇날 며칠 빨래를 헹구고 싶다.

- 〈가을날 1〉 전문

빨래는 여자의 가사노동 중에서도 제일 힘든 일 중 하나다. 더러워진 옷들을 물에 담가 애벌빨래 한 후 비누로 비벼서 빨고 솥에 넣어 삶고, 다시 물에 넣어 방망이로 두들기거나 발로 밟아서 때를 분리시킨 후 여러 번 맑은 물로 헹구어 널어 말린 후 다림질까지 마쳐야 한다. 오죽하면 세탁기를 여자들을 가사노동에서 해방시킨 가장 큰 공로를 가진 가전제품으로 꼽을까.

그런데 시인은 하루종일 빨래를 하고 싶다고 한다. 맑은 가을날 냇가에 나가 '반듯하고 하얀 빨래돌' 위에 빨래감을 올려놓고, 해가 서산에 다 가도록 맑은 물에 비비고 헹구고 싶다고 한다. 사실 시인이 하려는 것은 자신의 마음을 맑게 씻는 일이다. 그래서 고달픈 빨래의 과정을 통해 '내 영혼이 하늘 어디쯤 닿기'를 기원하는 것이다. '빨래'는 시인이 물이 가진 정화력淨化力을 통해 자신의 영혼을 깨끗하게 하고 승화시키는 과정이다.

다른 시 <빨래>도 물의 힘을 통한 정화력을 보여준다. 이 시 속에서 화자는 '남편의 때를, 자식의 때를, 나의 때를 헹구고 헹구어 하얀 마음으로 바꾸어' 햇볕에 넌다. 그렇게 깨끗해진 옷을 가족에게 입히는 것이 주부의 사랑의 표현이다.

> 흰 마음을 내어주는 아침
> 남편은 아내의 빨래를 입고
> 아내는 어제의 때를 대야에 담는다.
>
> - <빨래> 중에서

아내는 아침에 외출을 준비하는 남편에게 자신이 빨고 다림질한 옷을 내어준다. 아마도 와이셔츠가 아니었을까. 그것을 시인은 '흰 마음을 내어준다'고 표현한다. 남편이 아내의 정성이 가득 담긴 옷을 입고 나서면, 아내는 다시 더러워진 옷을 빨래하기 위해 대야에 담는다.

물이 주는 생명력과 물이 가진 정화력은 김정임 시인의 시의 중요한 중심상징이다. 발랄하고 뜨거운 모험심과 관찰력을 가졌던 소녀는, 물의 고장에서 성숙한 여인이 되어 생명을 품고, 키우고, 돌보는 존재가 된다.

3. 노을에 곱게 물들며

먼 나라의 미지의 것들을 꿈꾸고, 이웃사람들의 사연에 공감하던 열정적인 소녀는 결혼을 통해 충실한 아내, 며느리, 어머니가 되었고, 이제 다시 할머니가 된다. 거주지는 서울로 바뀌고 딸들이 결혼하여 미국으로 이주한 후에는 미국에 머무르기도 한다. 상세한 설명을 하기보다는 여백을 남겨두는 창작법을 사용하던 김정임 시인의 시는, 이 시기에 대체로 더 짧아지고 여백이 많아진 것처럼 보인다.

시인은 '내가 한 일 중 가장 잘한 일이 무엇일까' 하고 스스로 묻는다. 망설임 없이 대답이 나온다.

> 딸 셋 키운 일
> 그 딸들이
> 아이들 둘씩 낳아
> 키우는 일
>
> - <수수팥떡> 중에서

걸어온 길에 아쉬움이 없는 사람은 없을 것이다. 시를 더 열심히 써야 했다는 아쉬움도 그 하나였을 것이다. 그렇지만 김정임 시인은 딸 셋 키우고 그 딸들이 아이들 둘씩 낳고, 아기가 돌이 될 때마다 손수 정성껏 수수팥떡 경단을 만들어 아기의 앞날이 순조롭기를 빌어주었던 일이 가장 잘한 일이었다는 것을 알고 있다.

외국에 살고 있는 손주들은 시인의 어릴 적과는 많은 것이 다르다.

할아버지는 콩나물국
아빠는 계란찜
손주는 스테이크를 먹는다

가끔은
한 상에 앉아
밥을 먹으니
참 다행이다

몇 마디 한국말을 해가면서
- 〈밥상〉 전문

    같은 밥상에 앉아도 먹는 메뉴는 다 다르다. 남편은 콩나물국을, 사위는 계란찜을, 손주는 스테이크를 먹는다. 그렇지만 가끔씩은 한 상에 앉아 밥을 먹는 것만으로도 다행이라 생각한다. 밥상머리에서 몇 마디의 한국말이 오가는 것도 안심이 된다. 세상이 달라지고 사람들 사는 모습도 달라지니, 시인에게 자식과 손주들이 꼭 자신들과 같아야 한다는 조바심은 없다. 그렇지만 올바른 가치를 가지고 자존감 있게 사는 모습은 보고 싶다.

한복을 차려입고 앉아

할머니는 옛날 신라의 왕족이었단다
왕족의 자손인 너는
고운 말을 써야 한다

무릎을 꿇으며
정말이예요? 하는 녀석

가끔은
이 생각을 하며 살아가렴
- 〈왕족〉 전문

    자기가 미국인이라고 알고 있는 손주에게 할머니는 '너는 신라 왕족의 후손이니까 언제나 이 생각을 하며 살아가렴' 하고 말한다. 고운 말을 쓰라고 훈계하는 대신에 나온 말이다. 족보같은 것은 그다지 중요하지 않을 것 같다. 아이가 어느 곳에 살든지 자부심을 가지고 살 동기를 주는 것이다. 살짝 미소를 짓게 하는 지혜로운 가르침이다.
    평화롭고 따뜻한 집안을 만드는 이러한 지혜를 가르쳐 준 분은 시인의 어머니이다.

세상 제일 이쁜 꽃은
항아리 속
간장꽃이라던 어머니

칠십이 지나서야
조금씩 보이기 시작하네요

항아리에 귀기울이면
간장꽃 벙그는 소리도
들릴 듯해요.
- 〈간장꽃〉 전문

    조선간장을 장독에 담가 놓으면 간장 윗면에 하얀 곰팡이같은 것들이 피어나는 경우가 있다. 이것을 간장꽃이라고 하며 몸에 이로운 백곡균으로서 장맛을 좋게 한다는데, 모르는 사람이 보면 지저분한 이물질처럼 보일 뿐이다. 간장이 상했다고 오해하고 퍼서 버리는 아낙도 있음직하다. 그런데 어머니는 이것을 세상에서 제일 이쁜 꽃이라고 부

585

르셨다. 그때는 어머니의 말이 이상하게 들렸지만, 나이가 드니 간장 꽃이 핀 간장의 사랑스러움을 알게 된다고 시인은 조근조근한 목소리로 말한다. 정성을 들이며 오래 기다려주고, 그 모습이 어떻게 변하든 진정한 가치를 알아주는 것, 이것이 어머니들이 세상을 이롭게 하는 비결이라는 것을 시인은 알게 되었다. 시인의 뜨거운 피를 다독여주고 마음을 잔잔한 물로 다스리는 법을 가르쳐 주신 건 역시 시인의 어머니셨다.

그런 어머니와 이별할 때가 왔다. 시 〈말소리〉는 임종의 자리에 있는 어머니를 둘러싸고 있는 딸들의 모습을 보여준다. 필자도 중환자실에서, 돌아가셨다는 의료진의 선고가 있은 후에도 고인이 들을 수 있으니 좋은 말씀 들려드리라는 말을 들었다. 이 작품 속의 딸들은 '엄마가 우리 엄마라 행복했다'고, '나 엄마 많이 사랑했다'고 어머니 귓가에 속삭인다. 가슴이 먹먹해진다.

〈수의〉는 더 가슴이 아파지는 시다.

> 어느 윤년에 준비한
> 옥색 수의
>
> 추위 많이 타신다고
> 비단으로 했는데
>
> 수의가 쏘시개 되어
> 불 속에서 뜨겁게 타는 어머니
>
> 우리 어머니
> 뜨거워서 어쩌나
>
> － 〈수의〉 중에서

윤년에 미리 어른의 수의를 마련해 놓을 때 보통은 삼베나 모시로 만들지만, 시인의 어머니는 추위를 많이 타시는 분이니 따뜻하시라고 비단 수의로 마련했다 한다. 제일 좋은 것으로 해드리고 싶어서였을 것이다. 오래전 수의 장만할 때는 어머니 돌아가셨을 때 화장할 것까지는 예상하지 못했다. 그런데 요즘은 모두 화장을 한다. 어머니가 비단 수의를 입으셨기 때문에 불길 속에서 더 뜨거우시면 어쩌나 딸들은 애간장이 녹는다. 사실 수의의 재질이 그리 큰 문제가 될 리는 없다. 살뜰히 살펴온 어머니에 대한 애정 때문에 이별이 힘든 것이다.

그대를 보낸 지 얼마인가

상처난 무릎
나을만 하면
딱지를 떼고
또 나을만 하면
또 떼고

나, 낫고싶지 않아요

- <무릎 딱지> 전문

나이 든다는 것은 이별에도 익숙해지는 것. 그러나 사실 정말 소중한 사람을 보내고 나서 익숙해질 수 있을까. 어렸을 때 종종 넘어져서 무릎을 깼다. 상처가 나을 만하면 간지러운 느낌에 무릎에 앉은 딱지를 떼어낸다. 그러면 나아가던 상처에 다시 딱지가 앉고, 그렇게 딱지가 오래 계속된다. 시인은 시의 처음에 '그대를 보낸 지 얼마인가'하고 질문을 던지고, 말미에 '나, 낫고싶지 않아요'라는 1줄의 고백으로 맺는다. 여백이 많아서 어떤 상황인지는 독자가 알 수 없지만, 오히려 그래서 더 마음이 간질간질해진다. 상처가 낫고 싶지 않다는 말, 그야말로 촌철살인寸鐵殺人이다.

그렇게 시인은 가족 곁에서 곱게 나이들어간다. 평소 덤덤한 남편이지만 오랜만에 밖에서 만나자고 약속한 날은 새삼 설레기도 하고, 어머니가 물려준 교회가방을 들고 교회에 갈 채비를 하기도 한다.

오랜만에
밖에서 만나자
남편과 약속한 날

저기
머리 하얀 소년이 서 있네
- 〈외출〉 중에서

주일 날
어머니가 물려주신
교회가방을 챙긴다

손 씻을
흰 손수건

하늘도 갈 수 있을까
교통카드

그리고 내 영혼이 은총 입어
성가대 악보

어머니
저도 이제
간단하네요
- 〈교회 가방〉 전문

어머니가 교회 가실 때의 준비물은 간단했다. 흰 손수건 1장과 교통카드면 되었다. 여기에 시인은 성가대 악보를 하나 더 넣는다. 어머니가 남기신 가방에 필요한 소지품을 넣으며, 딸은 '어머니 저도 이제 간단하네요'라고 독백한다. 치장에 필요한 악세사리도 필요없고, 화장 고칠 때 필요한 것들도 챙기지 않아도 된다. 두둑한 지갑도 필요치 않다. 언제라도 떠날 수 있도록 간소한 차림, 그것이면 되었던 어머니의 길을 딸도 밟아간다.

> 늦게 가는 길
>
> 길 잘 찾으라고
>
> 넘어지지 말라고
>
> 서녘 문지방에
>
> 하나님이 걸어 놓으신
>
> 호롱불 비친다
>
> 　　　　　　　　- 〈노을〉 전문

　　시 〈서쪽〉에서 김정임 시인은 '내가 좋아하는 것들은 다 서쪽에 있다'고 노래했다. 고향도 서쪽이고, 서산 바닷가에는 '서왕모를 불러 대화하는 친구'가 산다고 했다. 이 작품 〈노을〉에서 노을이 걸린 곳도 서녘 하늘이다. 동쪽에서 출발한 해가 서쪽에 닿아 수평선 밑으로 떨어지듯이, 서쪽은 열심히 살아온 사람들이 도달하는 목적지이다. 노을은 '길 잘 찾으라고, 넘어지지 말라고, 서녘 문지방에 하나님이 걸어 놓으신 호롱불'이라는 시인의 말이 참 따뜻하고 아름답다. 신이 호롱불로 밝혀주는 길이라면, 도달한 그 목적지가 생의 끝이라 해도 무섭지 않을 것 같다.

한 사람의 인생과 그가 쓴 시는 다르지 않다. 그가 정직하고 진실된 사람이었다면 더욱 그렇다. 가식과 과장이 없고 담백한 김정임 시인의 시는, 시인의 삶과 인품을 깊이 들여다보게 해준다. 호기심과 모험심이 많고 이웃의 아픈 속내를 깊이 들여다보던 다정하고 의협심이 있던 소녀는, 불을 다루시던 아버지처럼 열정적인 불의 이미지를 사용한 시들을 창작하였고, 자라서 교사, 아내, 며느리, 엄마로 살아가면서는 건조한 땅에 물을 대고 생명을 자라게 하는 어머니인 물의 이미지를 사용한 시들을 창작하였다. 여백이 많은 창작기법을 사용한 시편을 통하여, 독자의 상상력을 풍부하게 끌어올릴 수 있는 섬세하고 미묘한 서정시의 세계를 창조하였다.

시인은 여러 편의 시를 통해 자신의 시쓰기가 소홀해졌던 시기에 대한 아쉬움을 토로했지만, 사실은 한번도 시를 진정으로 떠난 적이 없었던 것이 아닐까. 삶을 한시도 허투루 보내지 않고 열정적으로 살아냈던 것처럼.

<해설>

한 사람 독자로서

나태주(시인)

한 사람 독자로서

나태주(시인)

사실 이 시집은 매우 특별한 시집이다. 시집이라고 이름이 붙기는 했으나 시 전집에 해당하는 책이다. 볼륨이 그렇고 내용이 그렇다. 처음부터 이 책을 내도록 종용하고 출판사를 주선하고 편집을 돕고 교정을 보고 한 사람이 내다. 하므로 나는 이 시집이 나오기까지의 경위를 밝혀 이야기할 의무감을 느껴 이 글을 쓴다.

내가 김정임 시인을 만난 것은 1971년 12월 어느 날, 공주에서였다. 당시는 나도 고향 서천에서 살던 시절이었는데 공주는 내가 고등학교 공부를 했던 고장으로 늘 마음속에 그렇게 생각하며 좋아하는 도시였다. 그곳에서 시인 지망의 몇몇 좋은 젊은이들이 모여 시 동인지를 결성한다는 말을 듣고 공주에 가서 만난 문학청년 가운데 한 사람이 김정임 씨였다.

한눈에 참 예쁘고도 참한 처녀였다. 그녀는 내가 다닌 학교의 후신인 공주교육대학을 졸업하고 초등학교 교사로 근무하던 사람. 우리는 젊은 패기로 어울려 『새여울』이라는 시 동인지를 발간하며 자주 만나는 사이가 되었다. 동인지가 처음 발간된 것은 1972년 1월, 역시 공주에서였고 동인지 발간 축하 모임도 그녀의 출신학교인 공주교육대학에서 가졌다.

나는 그때 이미 서울신문 신춘문예에 시가 당선되어 등단한 사람이었고 나머지 동인들은 모두 미등단의 시인 지망생들이었다. 나이도 내가 연장이어서 자연스럽게 내가 동인들의 맨 앞자리에 서게 되었다. 돌아보니, 동인들은 작품을 쓰고 동인지를 운영하는 데에도 신경을 쓰고 있었지만 더욱 그들이 마음을 두고 있는 것은 문단 등단의 절차였다.

서울이나 대전 쪽에 문단 등단을 주선하고 안내하는 선배 문인들이 있었고 동인들은 제각기 자신의 문단 등단을 위해 선배 문인들을 만나고 있는 눈치였다. 대개는 문학잡지를 운영하는 힘 있는 서울의 문인이거나 그런 잡지에 추천권을 지닌 원로 문인들의 안내를 받는 것 같았다.

동인지 발간은 한 해에 한 호씩 발간하는 것을 원칙으로 했다. 그렇게 동인지를 발간하며 동인 가운데 한 사람 두 사람 서울 쪽 문학잡지 추천을 통해 시인으로 등단해 가고 있었다. 당연히 김정임 씨도 그렇게 서울 쪽 문학잡지를 통해 시인으로 등단해야 할 필요성이 있었고 그런 차례가 오고 있었다.

그런데 어쩐 일인지 김정임 씨는 그런 등단 절차에 관심을 보이지 않았다. 옆에서 몇 차례 내가 적기에 등단해야 한다고 그 필요성을 역설했지만 들은 둥 마는 둥, 그녀는 내 말을 듣지 않았다. 참 특별한 사람이란 생각이 없지 않았다. 시를 그만 쓰려나? 그러나 그것도 아닌 것 같았다. 동인지를 발간할 때마다 가장 성실히 작품을 발표하는 동인 가운데 한 사람이 김정임 씨였으니까.

우리가 처음 만난 것이 20대 중반이었으므로 우리는 각자의 직장생활과 결혼생활과 사회생활에 휩쓸려 나름 힘겹고도 바쁜 날들을 살면서 한해 한해 나이를 더해 갔다. 오늘에 와 돌아보면 참으로 어리석고도 부끄러운 날들이 아닐 수 없지만 그 시절 우리는 그 고비고비를 넘기는 일들이 다만 힘에 겹고 고달프기만 했다. 그래서 남의 일에 시시콜콜 관심을 두기가 어려웠다.

드디어 중년의 나이가 되었을 때, 나는 주변을 살피고 김정임 씨에 대해서도 다시 눈길을 주기 시작했다. 솔직히 말해 그녀의 시적 자질과 시적인 노력이 아깝다는 생각이 들었다. 적기에 절차를 밟고 중앙 문단에 등단하지 않은 것은 그렇다 쳐도 지금까지 쉬지 않고 써온 작품을 저대로 묵혀두는 것은 너무나도 아까운 일이 아닌가 여겨졌다.

다행히 대전에서 출판사 영업을 하고 있던 김명수 동인이 있어 그에게 부탁하여 김정임 씨가 그동안 써온 작품들을 모아 시집을 한 권 묶기로 했다. 물론 편집도 내가 했고 장정도 내가 맡았고 시집 해설도 어설픈 솜씨나마 내가 맡았다. 이름하여 『아직은 햇빛이 따스한 가을날』(대전: 대교출판사). 그것이 1993년이었고 그 시집이 시인에겐 첫시집이었다.

그런 뒤로 실은 그녀가 시 쓰는 일을 내려놓은 줄 알았다. 그런데 그게 아니었다. 1996년 29년 동안의 교직 생활을 마감하고 서울 지역으로 주소를 옮긴 뒤에도 그녀는 여전히 시 쓰는 일을 놓지 않고 살았다. 서울로 주거를 옮기면서 바로 1997년부터는 『은띠』라는 이름의 동인회를 결성하여 주도적인 동인으로 활동해 왔던 것이다.

이제 세월이 많이 흘러 김정임 씨나 내가 80을 바라보는 사람들이 되었다. 1972년 『새여울』 창간호를 통해 만난 동인들도 나이를 먹을 대로 먹은 뒤였다. 옛사람이 그립고 옛날이 그리운 시절이 되었다. 그런 차제에 다시금 내가 김정임 씨의 작품에 대해서 관심을 가진 것은 지난 2023년 『새여울』 복간 30호를 발간하면서부터다.

그 책에서 나는 김정임 씨의 시를 다시 읽고 놀라는 바가 있었다. 역시 작품이 쌍쌍했다. 본래 김정임 씨는 작품이 좋은 시인이었다. 처음부터 타의 추종을 불허하는 면모가 있었다. 그건 1971년 『새여울』 창간호 때부터 그랬다. 다른 동인들의 시는 성장 과정에 있거나 모색 과정에 있었는데 김정임 씨의 작품만은 안 그랬다. 그 자체로 특출했고 이미 완성된 시 세계를 보여주고 있었다.

아, 그래서 그랬구나. 동인회 출범 당시 중앙 문단 등단 절차를 강하게 권했을 때 그것을 단호히 거부한 것도 나름대로 시인으로서의 정체감이 그만큼 확고하게 자리 잡혀 있었기 때문이고 나름대로 신념이 마련되어 있어서 그런 것이었구나, 짐작하게 된다. 그러했기에 시인은 오늘날까지 시 쓰기를 놓지 않고 살았는지 모르는 일이다.

하기사 김정임 씨에게 시 쓰기는 세상에 이름을 알리는 일도 아니고 돈벌이도 아니고 다만 자기 인생을 성실히 살아가는 과정이요 그 결과의 기록이 아닐까 싶다. 그만큼 시인에게 시 쓰기는 진지한 것이었고 필요불가결한 것이었고 삶, 그 자체였던 것이다. 그렇다면 시는 시인에게 종교 다음으로 신성한 것이었고 소중한 인생의 연소 행위가 아니었나 싶다.

이쯤에서 모든 문학작품은 자서전이다, 라는 나름대로 정의가 다시 한번 효력을 발휘한다. 그러하다. 김정임 시인에게 있어서 시 쓰기와 그 결과로 남겨진 시작품은 그녀 인생 전반全般을 증언해 주는 자서전 한 권과 같은 것이다. 첫시집을 내고 28년 만에 내놓는 시 작품집은 한 사람 시인 생애 전체를 아우르는 작품만큼이나 시의 편수가 많고, 시 세계 또한 넓고도 심원深遠하다.

그래서 차마 책의 이름조차 붙이지 못했다. 그냥 '김정임 시집'이다. 장장 600페이지에 가까운 방대한 분량이다. 이만하면 한 사람 시인의 시 전집 볼륨이다. 시인의 생애와 시작 태도, 시인 생활이 무뚝뚝했던 것처럼 책도 무뚝뚝하다. 이러한 한 권의 시집 앞에 독자들 또한 어리둥절할 것이다. 도저히 상식으로는 이해될 수 없는 시집이니까 말이다. 다만 세상에 이런 시인도 있고 이런 시집도 있구나 짐작해 주시면 고맙겠다.

이번 책에서도 『새여울』 동인인 김명수 동인이 적극적으로 애쓰고 노력해서 자신의 출판사인 시아북에서 이 책이 나가게 되었다. 영리 목적을 떠나 우정으로 좋은 책을 내주는 김명수 동인의 아름다운 성의를 여기에 밝혀 김정임 시인을 대신하여 감사드린다. 금상첨화로 양애경 교수가 정다운 해설문까지 달아주었다. 한 사람의 시집으로 이보다 더 완벽할 수가 없다. 시인이나 울타리가 되어준 사람들 모두 세상에 와서 좋은 일 한 가지 했노라 생각했으면 좋겠다.

김정임金貞壬

연보

1946. 7. 13 충남 홍성군 금마면 장성리에서 아버지 김금옥 님과
어머니 신완순 님의 장녀로 태어남. 아호 운주雲州

1951. 1. 1 홍성감리교회 나가기 시작

1952. 4. 1 홍성감리교회 유치원 입학

1959. 3. 10 홍주국민학교 졸업

1962. 3. 10 홍성여자중학교 졸업

1963. 10. 2 전국 고교 백일장에서 장원

1965. 3. 8 홍성여자고등학교 졸업

1967. 3. 1 공주교육대학 졸업하고 충남 홍성군 가곡초등학교
첫 발령

1967. 9. 1 갈산국민학교 발령

1969. 3. 1 홍남국민학교 발령

1971. 11. 1 중등학교 가정과 준교사 자격시험 합격

1971. 12. 25 시 동인지《새여울》동인으로 참여

1972. 4. 28 홍주국민학교 강당에서 임진묵 씨와 혼인

1972. 9. 25 홍동중학교 발령

1973. 1. 1 공주감리교회 등록

1973. 3. 1 공주여자중학교 발령

1974. 8. 13 첫째 딸 임구슬 출생

1976. 4. 10 둘째 딸 임은지 출생

1977. 6. 7 시아버지 임명순 님 소천

1978. 5. 23 셋째 딸 임수진 출생

1979. 3. 1 장기중학교 발령

1981. 3. 1 공주여자중학교 발령

1983. 3. 1 공주사대 부속중학교 발령

1984. 11. 5 아버지 김금옥 님 소천

1987. 2. 28 방송통신대학 가정과 졸업

1991. 3. 1 서산 부석중학교 발령(1년 휴직 후 근무)

1993. 3. 20 시집『아직은 햇살이 따스한 가을날』출간

1994. 12. 25 문교부장관 공로 표창

1995. 3. 1 서산 성연중학교 발령

1996. 2. 28 29년 동안의 교직 생활 마무리 퇴직

1996. 5. 9 서울시 종로구 백일장에서 장원

1996. 8. 31 대통령 표창

1997. 1. 1 서울시 마포구 창천감리교회 등록

1997. 9. 1 《은띠》동인회 결성

1998. 4. 18 첫째 딸 임구슬, 사위 고연수와 결혼

2000. 7. 1 둘째 딸 임은지, 사위 박노훈과 결혼

2004. 5. 22 시어머니 박정순 님 소천

2005. 1. 29 셋째 딸 임수진, 사위 홍지수와 결혼

2006. 3. 1~ 10년 동안 서울국립과학관 자원봉사 교사로 활동함

2021. 2. 25 어머니 신완순 님(100세) 소천

2021. 9. 1~ 현재 종로 도담도담 한옥도서관에서 독서클럽 운영